知らない
おばあちゃん
とぼく

藤川 敏美

Toshimi Fujikawa

文芸社

もくじ

第一章　ぼく

春。

あたたかな日ざし。桜咲く。草木も芽吹く。新しいピカピカのランドセル。春を表す季語はどれも前向きであたたかいものばかりだ。色で表せばうすい淡いピンク系。音でいえば何かが動きはじめようとするワクワクする音。やさしいフルートの音色。

誰にアンケートをしたわけでもないが、もし『季節のなかでいつがいちばん好き?』と百人に聞くと、きっと四分の三以上、約六、七十人くらいが『春』と答えるのではないかなと思う。もちろん想像、いや空想のデータだから信ぴょう性はないけれど、でも大きく外れているとも思えない。

そんな春がぼくはいちばんきらいだ。明るいともあたたかいとも感じたことが一度もないからだ。生まれて一度も……。

ぼくの名前は樫原拓三。

都心にほど近い住宅街にぼくの家はある。病院を経営する医師の父親。樫原家は代々続く、わりと有名で大きな総合病院だ。八年前に祖母、五年前に祖父が他界。その数年前から父がその病院の院長になっている。

母は専業主婦。とにかく先祖代々受け継がれてきたこの病院を次の世代へつなげないといけないという、見えないプレッシャーで若い頃は大変だったのだろうと今は思えるけど、その当時はただただこわかった。教育熱心といえば聞こえはいいが、有名大学医学部に入学させて、この病院の跡を継がせなければいけないと必死だった。

ぼくには六つちがいの兄がいる。名前は太一。樫原病院の跡取りとして期待がかかり、それはそれは大切に大切に育てられたようだ。三歳差って入学、卒業などの時期が何かと重なるって言われるけど……。いつかの学習机のコマーシャルで「六・三・三で十二年～」みたいなフレーズがあったように、三の倍数だから六歳差も同じだ。

ぼくが生まれた年は太一兄ちゃんが小学校入学の年。母は生まれたばかりのぼくと兄ちゃんの小学校入学準備で大変だったんだろうなあ。それまでは時間もたっぷり兄ちゃんひとりにかけられたけれど、ぼくが生まれたからね。お受験をして有名私立小学校に通うようになった兄。親が必死になるのも無理はないけれど……。ぼくが生まれた瞬間くらいはぼくだけのことを思って喜んでくれたのかもしれないけれどね。病室で誰かが撮ってくれたらしき写真が一枚あることは知っている。でもそれからあとの写真は、兄ちゃんをうつす時についでにいっしょにというパターンばかりだ。

兄の小学校入学式の日に、母は着物なんか着て、家の前で兄だけ、母と兄そして家族全員でパチリ。あとは小学校の校門の前で、運動場の隅っこにある桜の木の前で、帰りには写真館で記念撮影。この時になると、ぼくはもうすっかり母の腕の中で爆睡で、顔なんか全く写っていない。

そして六年後。こんどはぼくの小学校入学の年。その時六つ違いの兄は中学校の入学式となり、ここでもまた重なるわけだ。だからあっちこっちで写真を撮っている時間などない。まずは兄の入学式からだ。難関大学への進学率が高く、なかでも医学部への合格率が高いこのあたりでも有名な私立中高一貫校だけに、母ははりきってこの時も着物を着て……。まあさすがに兄も中学生ともなると、照れがあるのか反抗期なのか、小学校の時ほどあちらこちらで、それも親といっしょになんか写真を撮っていないみたいだった。

そしてその二日後がぼくの小学校の入学式。ピカピカのランドセルに新しい制服、帽子、そして新しい靴。兄とは違ってふつうの地元の公立小学校だったけど、幼稚園のときからいっしょだった仲良しの友だちがたくさんいるし、また新しい友だちもできるかなぁと、一日二日くらいはワクワクしていた。母は、

「もう着物は疲れた」

と、この日はスーツだったし、写真も校門の前で母と二人で撮った一枚だけ。父なんか、入学式どころか、結局六年間、一度も学校に来てくれたことはなかった。授業参観日も、それが日曜日だとしてもいつも母だけだった。その母もずっと教室にいることはなかった。兄弟・姉妹がいる人は、お父さんやお母さんが教室を出たり入ったりしていたけれど、ぼくの場合は違う。この学校に生徒としているのはぼくだけなのに……。途中から教室を出て、携帯を気にしながら、小走りで廊下を走っていく母。その姿を教室から見ながら、子どもながらに淋しい気持ちになったことは今でも覚えている。

小学校一年生のはじめてのテストで、百点をとった日、学校から家まで全速力で走って帰り、玄関の戸をバタンと思いっきりあけて、

「かあさん、かあさん、あのね、ぼくね、さんすうのテストでね」

息をきらせながらも大きな声で話しかけると、

「あっ、おかえり、たくみ。ごめんね、あとでもいいかな。太一の中学校で進路の説明会があるから、今から行かなきゃいけないの。そのあと塾に送っていくから。ごめんね。帰って夕食の準備の時にゆっくりと聞くから……」

母は、香水なのか化粧なのかわからない甘い匂いをプンプンさせながら、ほとんど目を合わせることもなく、ただぼくの頭をポンポンと軽くたたいて小走りで出かけた。

思いっきり握りしめた力と汗で、しわしわになった算数のテスト。結局話題にもならず、見せることもなく、ほめられることもなく、ぼくの机のひき出しの中でねむったままになった。

あの時、母が出かけたあとひとりぼっちになったぼくは考えていた。太一兄ちゃんが、小学校一年生の時ってどうだったんだろうなぁ……って。

「太一、どうだった？　今日のテスト、落ち着いてできたの？　見直しはしたの？」

母が聞くと、

「うん。もうかえしてもらった。百点だったよ」

「そうなの。すごいね。やっぱり太一はえらいね。今日の晩ごはん、何が食べたい？」

なぁ〜んて、そんな感じだろうなぁ。ぼくは太一兄ちゃんが小学一年、二年の頃のことは全く知らない……。というかぼくはその時、まだゼロ歳、一歳だから、全く記憶にないけど……。太一兄ちゃんの四、五年生のあたりからは覚えてるなあ。兄ちゃんのテストの点で決まる夕食のメニュー。ぼくもおいしいものがいっぱい食べたかったから、

「兄ちゃんがんばって‼　百点とってきて……」

と思っていたような気がする。まだまだ幼かったからね。めったにないことだけど、兄ちゃんのテストが思ったより悪かったり、成績が悪かった時なんかはひどかった。兄ちゃんにもなんらかの理由があるんだろうし、言いわけの一つでもしたらいいのに……と思うのだけど、母さんからの一方的な追及？　質問責めがすごくて、ただじっとしたままうなずく兄。見ていてかわいそうだった。

ぼくの場合、いい点でもほめられたり何かを買ってくれたりという『ごほうび』みたいなものなどないけど、悪くても何もないし、理由なんて聞かれることももちろんなく、いつも兄ちゃんのうしろにかくれていることができた。だからのびのびと好きなことができていたと思う。

「まあ、ぼくよりはるかに頭がいいんだから」

「元気だしなよ」

と、ぼくも小学校高学年にもなると、兄ちゃんをなぐさめる言葉の一つや二つ、頭にうかんできたこともあったけど、それを言ったからといって、母さんの気持ちが落ち着くわけでもないし、兄ちゃんも、

「拓三になぐさめてもらうようになったら、もうおしまいだね」

なんて言われるのかなと思うと、やっぱりだまっているのがベストの選択だった。

こんなぼくでも兄ちゃんに勝てることが一つあった。それは運動神経。なかでも走るのが速かったと自分でも思っている。でもそんな自信たっぷりの運動会の時でさえ、いつも見に来てくれるのは母だけだった。親子競技でお父さんと走ったり縄を引っぱったりする友だちをうらやましく見ていた。

「たくみのところはいつも母さんやなぁ」

友だちの何気ない一言がつらかった。

「やめなよ、そんな言いかた。たくみくんの父さん、いそがしいんだよ、きっと……」

「たくみくん。いっしょにあとでお弁当食べようね」

心優しい女の子が毎年一人、二人いることが救いだった。

母がぼくの大好きなミートボールや卵焼き、タコさんやカニさんの形のウインナーなど、朝早く起きて作ってくれてたのに……。ぼくは心優しいクラスの女の子と食べるわけでもなく、母さんと楽しく話しながら食べるわけでもなく、心の奥の奥ではうれしいと思う気持ちがあったはずなのに、変につっぱったりして……。

「たくみ、午後からはリレーがあるね。しっかり食べて‼　がんばって‼　応援してるからね。たくみ、今年もアンカー走るのよね。父さんその時だけでも見に行けそうだったら行くって言ってたよ」

「……」

本当はすごくうれしかった。ぼくは兄ちゃんと比べると、勉強はさっぱりダメだったけど、幼い頃から外でばっかり走りまわって遊んでいたから、運動神経だけはよくて、それだけが唯一の自慢だった。毎年選手に選ばれてリレーに出場するけど、父の姿を見たことはなかった。きっと今年も来ないだろうなぁ～小学校最後の運動会だけど……。

午後の部のプログラムも、一つまた一つと進んでいき、

「クラス対抗リレーに出場する選手のみなさんは、入場門に集まって下さい」

という放送が流れた。

「がんばってね、たくみ」

と、笑顔で声をかけてくれる母に、あの時どうして素直に手がふれなかったのだろう。聞こえなかったかのように走っていったぼく。でも母の優しい声は、ぼくの耳にははっきりと聞こえていた。

アンカーの目印があるゼッケンをつけて、軽快な音楽に合わせて入場し、トラックを軽く一周する。毎年恒例だ。

「いよいよ運動会のメイン競技、クラス対抗リレーがはじまります。クラスの代表に選ばれたスプリンターがトラックを一周します。どうかあたたかい拍手と声援をお願いします」

そんなアナウンスの流れるなか、拍手と声援はますます大きくなってきた。ぼくはうつむきかげんになりながらも、目はちらちらと父を探していた。来てくれているはずはないと思いながらも『もしかして……』というわずかな期待をもって……。でもこれまで一度も父の姿を見かけたことはなかったし、この日も姿はなかった。

運動場中央部までくると音楽が止まり、それぞれの場所に分かれる。ぼくはいつも胸に手をあてて、一人で自分に言い聞かせていた。

「母さんがいる。どこにいるかわからなかったけど、きっと父さんもいる。この瞬間だけは兄ちゃんのことでなくぼくのことを見てくれている。だから、がんばれ!!　たくみ」と……。

そしてピストルの音とともに第一走者がスタートした。第二、第三、あっという間に最終走者のぼくにまわってきたバトン。風をきるように走る。コーナーをまがると遠くにゴールテープが見える。毎年その瞬間が一番幸せだ。ゴールテープはぼくにとって、父さんや母さんが両手をひろげて『たくみ!!』『たくちゃん』と、待ってくれているように見える。そう思って走っていた。ぼくは誰に追い越されることもなく今年もトップでゴールインした。父さん母さんの腕の中へととびこんだ。そして、ピストルの音とともに、それが単なるゴールテープだとわかって現実にもどる。これも毎年おなじみだ。自分でもおかしくなるくらいだ。

「たくみ、すごいな!!」

「たくみに勝てるやつっていないよなぁ」

友だちがうれしいことばをいっぱいかけてくれる。

「いやぁ～」

と言いながら、うれしいけれど心の中が淋しさに変わっていく瞬間も何度も経験済みだ。

退場門を出てすぐ、

「たくみ、がんばったね。じゃあ母さん帰るからね。ごめんね」

と、小走りで帰っていった。参観日と同じだ。ぼくは知っている。帰って父さんにぼくのリレーのことを話して、次に夕食の準備、そして兄ちゃんを塾へ送っていく。ぼくが六年生の時、兄ちゃんは高校三年生だから大学受験でいちばん大切な時だ。

「ただいま」

と言っても誰の返事もかえってこない。そんなことはわかっているんだけど……。もしかしてと思って言ってみた。やっぱり誰もいない。汗くさい体操服のまま台所へ行くと、テーブルの上にはところせましと言わんばかりに、ごちそうの数々が並べられていた。お寿司、から揚げ、エビフライ、サラダ、フルーツ、ケーキなど……。

（母さんはあれから帰ってこんなにもごちそうを作ってくれていたんだ～）

そう思いながら、ふと見るとテーブルのすみに一枚の紙が置いてあった。

『たくみへ。

今日はおつかれさま。かっこよかったよ。運動会のヒーローだね。「ただいま」って元気よく帰ってくるたくみを「おつかれさま。がんばったね」と、迎えてあげたかったけど、太一の塾が今日は少し長びくみたいだから、ごめんね。少し遅くなりそう。父さんも、今日の午後救急で運ばれてきた患者さんがいて、今まだ病院にいるみたい。今晩は帰れないかもしれないし、帰れたとしてもかなり遅くなりそうって言ってたよ。

たくみ、おなかがすいていたら一人で先に食べてていいからね。

ほんとうにごめんね。

母より』

ぼくは何度も何度も母さんの手紙を読んだ。淋しいけれど、うれしかった。

母さんは専業主婦だけど、不規則な父さんの仕事や太一兄ちゃんの学校や塾のこと、そしてぼくのことで忙しいのに、お手伝いさんを雇ったりせず、家のことは全部してくれていた。掃除、洗濯、料理はもちろん、毎日きっちりとアイロンがかかった制服や体操服。運動靴も上靴も週末にはきれいに洗ってくれていた。

「たしか、このあたり破れていたはず」

と、ズボンのポケットに手を入れると、きちんと縫ってくれていた。くしゃくしゃにしてポケットにおしこんでいるハンカチも、ピッチリとアイロンがかかっていて、いつも柔軟剤の良い香りがしていた。

そんな母のことを考えながら、ぼくは一人で食事をした。友だちは、

「今日は家族で焼肉食べに行くんや」

とか、

「ぼくのところは、じいちゃんやばあちゃんもいっしょにお寿司食べに行く」

って言ってたような……。

友だちのなかで、今日みたいな日に一人ぼっちで食事をしている人って……、ほとんどいないだろうなぁ。でもぼくはもう慣れているし、別に誰に腹を立てる気持ちもなかった。兄もその頃は学校、塾、家庭教師と、受験に向けて大変だったことはぼくにもわかっていた。

翌年の三月、その努力が実って、兄は第一志望都内の国立T大学の医学部に合格した。父さんも母さんも飛び上がって喜んでいた。まだまだ感動もさめやらぬある日、兄の高校

の卒業式があった。母さんはこの日久しぶりに着物を着ていた。

そしてその二週間後、その日はぼくの小学校卒業式の日。この時ほど端っこに追いやられたような日はなかった。親戚の人たち、病院のスタッフの人たちが、

「息子さん大学合格おめでとうございます」

「一安心だね。家から通うの？」

「ほんとうに親孝行だね」

「樫原病院も立派な跡取りができてよかったね」

など……。

ぼくの小学校の卒業のことなど、話題にも上らなかった。

（まあぼくの人生ってこんなもんだ）

小学生ながらも現実を見ていた。

そして四月。ぼくは都内の公立中学校に入学した。小学校の時の友だちの大半がその中学校への入学だ。ただ、近くの三つの小学校からも、この中学校に入学してくる人たちがいるので、クラス数はかなり多くなった。

兄の大学合格のうれしさ？　安心感？　なのか、母さんがはじめてぼくの入学式に着物

で来てくれた。大学の入学式から少し間があいていたということもあったのかもしれないけど……。

でも、母さんがいくら着物姿で来たとしても、「お母さん」とにこにこしながら校門をくぐる年でもない。ぼくは中学生なんだから……。とはいえ着物姿で目立っているということは、内心とてもうれしかった。中学校の校庭にある大きな桜の木の前で、家族で写真を撮っている友だちを何人もみかけた。でもぼくは照れなのか、そんな気分にはなれず、この春も一枚も写真を撮らなかった。

太一兄ちゃんと比べると、ぼくは全くのバカだったけれど、普通の中学校に通うなかで、勉強は中の上くらいの位置にはいた。小学校の運動会での活躍のうわさが広まっていたのか、陸上部やバスケ部などから勧誘があった。だけどぼくは、もうその時のヒーロー熱はすっかり冷めていたし、忙しい運動部は嫌だったから生物部に入った。生き物が好きだったのは父さんの影響かもしれない。

実は、運動部に入らなかった本当の大きな理由がぼくの心の中にあった。

(きっと父さんも母さんも、試合や大会などの応援には来られないことの方が多いんだろうなぁ)

試合の結果がよくても、この淋しい気持ちをこれ以上味わいたくはなかったし、ごちそうが並ぶテーブルの上、そのすみっこに、

「たくみごめんね」

と書いた手紙をもう読みたくなかった。豪華な食事を一人っきりで食べるより、普通の食事を家族で食べたかった。

あまりにも変化のない普通の毎日すぎて、ここからの中学、高校六年間の記憶がぼくのなかにあまり残っていない。学校で何が楽しかったのか、うれしかったこと、腹が立ったことなど、思い出が全く浮かんでこない。家に帰ると病院の話ばかり。いつも話の中心は兄だった。医大生だし親子の会話がはずむのも無理はない。ぼくは食事が終わると、いつも二階の自分の部屋にいた。勉強するわけでもなく、部屋でただ一人だらりとしていた。マンガを読んだり、音楽をきいたり……。友だちがいなかったというわけではない。一人という時間がきらいではなかった。あとで思うとぼくは家が好きだったのかもしれない。

中学校三年の時の成績も、兄のようにトップレベルというわけではないが、そう悪いわけでもなく普通にできていた。担任のすすめで公立の進学校を受験することにした。兄の時のように「ここにしなさい」と両親から言われることもなく、自分の意志で決めさせて

くれた。でもその頃、はっきりとした将来の希望、夢がなかったぼくは、自由＝親に見放された……。そう思い込んでいた。その時の父と母の本当の気持ちを、ぼくは全くわかっていなかった。

高校に入学すると、中学校の時よりも倍くらいのスピードで時が流れていくかのように毎日がすぎていった。修学旅行以外思い出もないまま、あっという間に三年生となった。医学部六回生の兄とまた受験が重なった。医師の国家試験とぼくの大学受験。

そして翌年の春。兄には桜が咲いた。ぼくには桜の便りが届かなかった。どこからも……。桜が全て散った。理由はわかっている。とりあえずどこか入れるところへ……という軽い気持ちで、目標もなく、将来の夢もなく、いや何よりも全くやる気がなかった。もしまぐれでどこかに受かっていたら、どうなっていたんだろうか。何も考えずに、またその日その日を暮らしていたんだろうか。それとも「こんどこそ!!」と思って、何かの目標、夢をみつけてがんばっていたのだろうか。きっとまちがいなく前者だと思う。だとしたら全滅でよかったのかもしれない。一つどこかにひっかかっているというよりもあきらめがついて……。

　ここまでの兄とぼくの人生、ぼくの完敗だ。ぼくはこのとき、あることに気がついた。前々から少し気にはなっていたんだけど、確信したことがある。兄の名前は『太一』、ぼくの名前は『拓三』。兄は名前どおり一番だ。ぼくは三番。そして兄は一流大学の一だ。ぼくは三流……、いや三流すらすべっているから、それ以下かもしれない。長男に『一』をつける名前ってよくあるのかもしれないけど、その流れでいくと普通に考えて、二番目の次男って『二』をつけるのではないのかな。ぼくの場合一つとばして『三』だからね。どうなってるんだろう。名前が悪いわけでもないんだけど、兄との違いすぎる人生……。ちょっとくらい名前をうらんでも……といっても、今さら名前の由来を聞いてもなぁ～。

　数日後、医師となった兄のお祝いだかおひろめだかわからないけど、食事会がひらかれた。

「おめでとう」

「よかったね」

「もう安心ですね。樫原病院も立派な跡取りができましたね」

「ほんとうにうらやましいです」

　あちらこちらからお祝いの声がとびかっていた。親戚の人、病院のスタッフの方々、たくさんの人たちが集まってくれていた。ぼくはこの場に最初少しだけいて、近くにいる数人の人にあいさつをすませて自分の部屋にもどった。ぼく一人いなくても誰も気がつかないだろうと思ったたし、何より一人になりたかった。きっと話が少しとぎれた頃、

「あら、拓三くんは……？」

と、誰かがぼくの話題に向きを変えてきて、

「たしか受験生だったよね」

「えっ？　浪人するの？　やっぱり医学部をめざすのかな？」

なんて口々に言いだして、

「でも、長男の太一くんが落ち着いたから、ひとまず安心よね」

と、そう誰かが言って、会話が落ち着くのだろうなぁ。

ぼくは一人ベッドに寝っころがって……。

それからいったいどれくらいの時間がすぎていったのだろうか。

（トントン）

部屋の入口の戸をノックする音が聞こえた。

「おい!!　拓三、いるんか？　入るぞ」

と言って、一人のおじさんがぼくの部屋に入ってきた。

「拓三くんやったかな?」

「はい。そうです」

と、返事をしたけど、おじさんが誰かわからない。知り合いやら親戚が多すぎて、父方なのか母方なのか、ぼくから言えば何になるのかさえもわからない。でも、おじさんはぼくのことをよく知っているかのようにあれこれ話しはじめた。

「太一兄さんは国家試験合格したみたいやなあ。医者か……。次は拓三の番やな……と言いたいところやけど、そんなんプレッシャーやろ。まわりはみんな好きなことを言う。言ったところで何の責任もないし、思いついたまましゃべるからなぁ。でも拓三、拓三は自分の思う道に進んだらええと思う。わしはな、おまえたちが幼い頃からずっと見てきたんやで。正月やお盆のときや、あといろいろあるたびにおまえたちの成長を楽しみに見てきたんや。

　太一は確かに跡取りとして育ってきた。それなりの力をつけてやらないかんと、親も必死やったしな。でもわしからみて、拓三、おまえも太一に負けんくらいの力はあると思う。おまえは本気になったらすごい力を出せるやつや。浪人して、もう一度受験したらええ。

本当はやりたいことがあるんとちがうか。拓三が決めたことにお父さんもお母さんも反対しないと思うけど……もし話がややこしくなったり、困ったりしたらいつでもわしに連絡してきてくれ。拓三の力になりたい。がんばれ!! おっちゃんは拓三の力を信じとるで」

そう言って、おじさんはぼくの机の上に名刺を一枚置いて、その裏に携帯の番号まで書いてくれた。そしておじさんはパタンと部屋を出ていった。

「名刺か……」

と言いながら手にとって見てびっくりした。

「えーっ。あのおじさん不動産屋なんだ。すごいなぁ～」

その時はただびっくりしただけだったけど、あとでこのおじさんにものすごくお世話になるとは、全く思っていなかった。

そしてぼくは、一年浪人することを決意し予備校に通うことになった。おじさんの言ったとおり、父さんも母さんも何も反対しなかった。

（ぼくのことなんて関心がないんだ）

と、その当時は思っていた。

第二章　夢

家から自転車で十数分のところに大手の予備校がある。そんな恵まれた環境にこの時ばかりは感謝した。母さんにわざわざ送ってもらわなくても……、いや……母さんって送っていってくれてたかなぁ。兄の時は、どんなに遠い塾でも車で送っていたけど、ぼくだからなぁ？　……と、あれこれ思いながら自転車に乗って毎日通った。

「君の場合、まずは志望校を決めることが第一だね」

予備校の先生に開口一番そう言われた。

「はあ……」

ぼくはわかっていた。きっとそう言われると……。本当はぼくには夢や希望がないわけではないんだ。ただずっと兄の陰でうすれてしまっていた。そしてはじめて、

「ぼくは、医学部に行きたい」

と、声に出して言った。思っていても今まで言えなかったこの一言。名刺をくれたあのおじさんだけが、ぼくにも力があると言ってくれた。自分の力をためしたい。

「そうか。じゃああとは選択科目を決めて、勉強するだけだ。がんばろう」

予備校の先生にそう言われ、自分がやっと受験生に思えてきた。今まで一度も語らなかった自分の夢、心の奥の奥で眠っていた夢、気がつくとはずかしくて言えなくなっていた夢。でもぼくは変わるんだ。

「ぼくは医学部をめざす。ぼくは医学部をめざす。ぼくは……」

そう何度も何度も小声で言いながら廊下を歩いていたら、ちょうど通りかかった女の子二、三人にクスクス笑われてしまった。

（これがやる気のスイッチか!!）

とおぼしきものを、このとき見つけた気がした。

（とにかくがんばろう）

そう心の中で何度も何度もくりかえし言いつづけた。

家と予備校を往復する毎日。夜は家族で食事。父と兄はいないことが多かったけど、母とはいっしょに食事ができた。何を話すわけでもなかったけれど、やっぱり気持ちが落ち

郵便はがき

料金受取人払郵便

新宿局承認

7461

差出有効期間
2020年7月
31日まで
（切手不要）

160-8791

141

東京都新宿区新宿1－10－1

(株)文芸社

愛読者カード係 行

ふりがな お名前		明治 大正 昭和 平成 年生 歳	
ふりがな ご住所	□□□-□□□□		性別 男・女
お電話 番 号	（書籍ご注文の際に必要です）	ご職業	
E-mail			
ご購読雑誌(複数可)		ご購読新聞 新聞	

最近読んでおもしろかった本や今後、とりあげてほしいテーマをお教えください。

ご自分の研究成果や経験、お考え等を出版してみたいというお気持ちはありますか。

ある　ない　内容・テーマ(　　　　)

現在完成した作品をお持ちですか。

ある　ない　ジャンル・原稿量(　　　　)

書　名				
お買上 書　店	都道 府県	市区 郡	書店名	書店
			ご購入日	年　月　日

本書をどこでお知りになりましたか?

1.書店店頭　2.知人にすすめられて　3.インターネット(サイト名　)

4.DMハガキ　5.広告、記事を見て(新聞、雑誌名　)

上の質問に関連して、ご購入の決め手となったのは?

1.タイトル　2.著者　3.内容　4.カバーデザイン　5.帯

その他ご自由にお書きください。

(　)

本書についてのご意見、ご感想をお聞かせください。

①内容について

②カバー、タイトル、帯について

弊社Webサイトからもご意見、ご感想をお寄せいただけます。

ご協力ありがとうございました。

※お寄せいただいたご意見、ご感想は新聞広告等で匿名にて使わせていただくことがあります。

※お客様の個人情報は、小社からの連絡のみに使用します。社外に提供することは一切ありません。

■書籍のご注文は、お近くの書店または、ブックサービス(0120-29-9625)、セブンネットショッピング(http://7net.omni7.jp/)にお申し込み下さい。

着く。

それから二階の自分の部屋へ行き勉強をはじめる。数日前までは、ベッドの上に寝ころがって音楽を聴いたり、マンガを読んだりしていたけれど、スイッチが入ったからにはもうだらだらとはしていられない。兄はいつもこんな生活をしていたのかな。

どのくらいの時間勉強した頃だろうか。バタンと玄関の戸が閉まる音がきこえた。父と兄が帰ってきたのだろう。こんなにも遅くまで……、人の命をあずかる仕事だから……、でも、ぼくも今その道に進もうとしている。父みたいに、兄みたいに……。でも大変なのは父や兄だけではない。数時間前にぼくのために準備してくれた夕食を、母は父や兄のためにまたあたためている。本当は眠たいだろうなあ。疲れているんだろうなあ。ひとり部屋の中で静かに勉強していると、いろいろ考える。

（そんなこと考える間があったら勉強勉強）

そう自分に言い聞かせて、気合いを入れて再びはじめる。

そして翌朝、母はあれからどれくらい眠ったんだろうか。でもテーブルの上にはちゃんと朝食の準備ができている。

「拓三おはよう。顔洗っておいで。その間にみそ汁あたためるから……」

幼い頃、物心がついた頃から変わらない母の朝のセリフ。

「うん」

ぼくはどんなに眠たくても、食欲がなくても、母のつくるみそ汁だけは必ず食べて出かける。なぜかホッと気持ちが落ち着く……そんな味。

「父さんや兄さんは毎日帰りが遅いの?」

「そうね。早く帰ってくる日のほうが少ないかな」

そんな会話を一言二言。

「いってきます」

そしてぼくは予備校に出かける。

今までほとんど勉強という勉強をしてこなかっただけに、いざやりはじめるとあれもこれもと大変だった。でも少しずつだけど、成績は上がっていった。

「おーっ!! がんばってるなぁ。どの教科も伸びてきてるぞ~」

模試の結果を見て、予備校の先生にそう言われた。

「ありがとうございます」

「志望校の壁の近くまでは来ているけど、今からこの壁をうちやぶるのが大変だぞ。まだ判定は合格にはほど遠い「E」だけど、君はすごい力を持っているような気がする。だからがんばろう」

ぼくはうれしかった。

暑い夏がすぎ、朝夕涼しく感じるようになった。ここは都心にほど近い住宅街だけど、予備校に通う途中にわずかにある田畑。稲穂が首をうなだれ収穫の時をむかえようとしている。今まで、季節の移りかわりをこんなにも感じたことがなかった気がする。そして季節の移りかわりの早さを改めて感じた。

寒さ＝受験。雪の中をセンター試験に向かう受験生をテレビで何度か見たことがあるし、実際兄の時も、雪が降っていたような気がする。

十二月中旬に受けたセンター試験前最後の模試で、ようやくぼくは合格の可能性ありの「C」判定にたどりついた。

「ここまできたなぁ。随分実力ついたし、このままいけば大丈夫だ。でも過信するなよ。まだまだやらなければいけないことはあるからな」

「はい」

「年末三十日までは予備校も開けて自習できるようにしておくからな。まあ少し早いけど、

『よいお年を』あっいや、『最高のお年を』だよな」

「ありがとうございます」

ペコリと頭を下げて、ぼくは教室を出た。C判定……がんばったことが評価されるうれしさを感じながら自転車に乗り、家路についた。

病院でも、もちろん家でも大掃除がはじまり、新しい年を迎える準備で忙しそうだ。こんな時に、受験生だからと勉強させてもらえていることがありがたかった。だから結果を出さないと……がんばらないと……そう自分に言いきかせながらもくもくと勉強した。

新しい年を迎えるまでは起きていたい……といつくらいの頃だったか思いはじめて、テレビを見たりゲームをしたりしながら午前零時になる瞬間を楽しんでいた。その頃がなつかしい。そんなことを考えながらも、もくもくと過去問にとりくんでいたら、気がつくともうすでに新しい年を迎えていた。いまかいまかと待っていた時は案外遅く、知らない間にさらっと過ぎていく時間は早く感じる。同じ時間なのに今でも不思議だ。

結局ベッドに入ったのは明け方三時頃だっただろうか。

「拓三起きなさい。お雑煮できたよ。年のはじめだから家族みんなそろって食べましょ。顔を洗っておいで」

久しぶりに母が部屋まで呼びにきてくれた。

四人そろっての食事はいつ以来だろうか。心の中ではうれしいはず……でもなぜかそうでない、違うぼくもいた。それは父の一言ではじまった。

「拓三、いよいよだな。がんばれよ」

そして兄も、

「拓三、大学受験は厳しいだろう。ぼくも大変だったから気持ちはわかるぞ」

そして母が、

「まああとは身体に気をつけて。規則正しい生活を心がけてがんばることかな。健康管理が一番だからね」

ぼくはただずっとお雑煮をすするふりをしていた。もう汁なんておわんの中に一滴もないのに……。

家族の優しさなんだろうけど、ぼくを思っての言葉だと、わかってはいるんだけれど……。ぼくは、ぼくは……。

「ごちそうさまでした」

とだけ言って、二階へあがった。何かイライラする。ドキドキする。あせる。きっと、

もし、何も言ってくれなかったらそれはそれで、

「ぼく受験なんだけど……。何も言葉ってないわけ？」

と、また腹が立っていたんだろうなあ。どっちにしてもイライラする。

（だめだ!!　落ち着け、落ち着け）

心の中で自分にそう言いきかせていた。

『一月は行く』というういわれのとおり、一日一日が早くすぎていく。家と予備校を往復する日々が続き、あっという間にセンター試験の前日。予備校でも話があった。

「いよいよセンター試験。今までがんばってきた力を思いっきり発揮して下さい。皆さんには確実にしっかりと力がついています。だから自分を信じて最後まであきらめないように。今日は早目に寝て明日に備えて下さい」

なぜだろう。家族に言われるとあんなにムカッときたのに、同じような言葉なのに涙がこみあげてくる。まだ今からだというのに、涙は早すぎる。自分でも気持ちのコントロールがうまくできなくなっていた。

家に帰ると、家族が気をつかってくれているのがわかるだけにたまらなく苦しい。きっとぼくは、あせっているんだろう。こわくなってきているんだろう。落ち着け落ち着け

……。

そして翌朝。センター試験当日。

どんなにいやな気分でも、母のつくるみそ汁だけは飲んでいきたい。

「拓三、おはよう。顔洗っておいで。その間にみそ汁あたためるから……」

母はいつものようにそう言っておこしてくれた。母はぼくの気持ちをわかってくれていた。そのほかのことは何も言わなかった。いつもと変わらない朝の光景で、ただ今日がセンター試験当日というだけ……。

「いってらっしゃい」

「いってきます」

たったそれだけの会話。でもありがたかった。

いつものように落ち着いているつもりだった。でも……。ぼくは平常心では受けられなかった。やはり気持ちのどこかで、

(兄と比べられるのかな)

とか、

(またダメだったら何と言われるのかな)

とか、こんな日にかぎってこんな思いがおそってきた。

（落ち着け!!　落ち着いてくれ!!）

そう何度も心の中で言い聞かせながらがんばった。とにかく必死だった。二科目めからは、普段どおり落ち着いてできた。


そして翌日二日目。この日は最初から平常心で試験に臨めた。ただ、とても疲れた。

センター試験の会場を出た後、ぼくはまっすぐ家に帰らなかった。疲れていたけれど、ちょっと、いやかなり遠まわりをして帰ることにした。途中小さな公園があった。ぼくはその公園にあるブランコに腰をおろした。軽くゆれながらじっと考えていた。

どれくらいの時間がたったのだろう。

「よし、決めた」

ブランコからとび降りて大声で叫んだ。その瞬間、ぼくの声におどろいたのか、近くにいた一ぴきの野良犬が吠えた。

ぼくはポケットに入れた財布の中から一枚の名刺を取り出した。兄が国家試験に合格したあとの食事会みたいな時に、ぼくの部屋に入ってきたあのおじさんからもらった名刺だ。

『山本不動産　代表取締役　山本茂夫』

あの時は不動産というところが目にとびこんできただけだったが、名前を見て、はっと昔の幼い頃の記憶がよみがえった。

「しげおっちゃんだ」

小声でつぶやいた。母のお兄さんで、医療とは全く関係のない仕事をしている唯一の親戚だった。兄は跡取りとして医師になるために勉強ひとすじだったけど、ぼくはしげおっちゃんにいっぱい遊んでもらったし、ぼくひとりだけが夏休みにしげおっちゃんの家に泊まりにいったこともあった。幼い頃のなつかしい思い出だ。

そしてぼくは、もう片方のポケットの中から携帯をとりだし電話をした。

「もしもし、山本不動産ですか。ぼく樫原拓三といいますが……。あれ？　もしかしてしげおっちゃんですか」

「おう拓三。元気やったか？」

「はっはい。昨日と今日がセンター試験だったんです」

「そうか。そんな時期か。どうやった？　まあまだ二次試験もあるし、その前に私立もあるんやろ。まだまだ勝負できるな」

「は、はい」

小さな声で返事をした後、ぼくはなかなか自分の思いが言い出せなかった。すると、

「拓三、わしに何か話があってかけてきたんとちがうか。たのみごとか？　何でも思ってること言うたらええ。若いもんが遠慮したらいかんで」

しげおっちゃんにはい幼いころ以来、小六のときに一回会ったきりで、ほとんど会っていないけどなぜか気持ちを見抜かれてしまう。でも、だからこそ話しやすいし、困った時は頼ってしまう。

「しげおっちゃん、どんなボロボロの古いところでもいいから、少しの間、いや受験が終るまでの間、貸してもらえるアパートありませんか。しげおっちゃん不動産屋さんだから、頼めないかなあと思って……。お願いします」

「お〜ええけど……。また何があったんや。親とけんかでもしたんか」

「いや〜そうではないんです」

ぼくは、正月に家族そろってお雑煮を食べた朝の出来事から今日までのこと、そしてぼくの気持ちを正直に話した。

「ぼくのわがままなんです。家族の優しさまでもがプレッシャーに感じて、イライラするんです。家族の優しさを素直に感じられない自分にも腹が立つし……。だから、今から受

験が終わるまで一人で勉強したいんです」

　ぼくは声をつまらせながらも自分の気持ちを伝えた。しげおっちゃんは、

「よっしゃ。わかった。あとはわしに何もかもまかせとき!!　父ちゃん母ちゃんもわしが説得しておくから心配せんでええ!!　拓三は自分の受験のことだけ考えて……。まあとりあえず今日は家に帰って、必要最小限の荷物の用意でもしたらええ。二、三日のうちには連絡できると思う。心配するな、拓三がこのわしを頼ってくれたことがうれしくてたまらん」

　ぼくを元気づけるように大きな声でそう言ってくれた。

「ありがとうございます」

　ぼくは、公園のブランコのそばでペコリペコリと頭を下げながら携帯をきった。

　そして数日後。その日がきた。しげおっちゃんが父や母にどんな話をして説得してくれたのかが気になるけど、そんなことを心配したところでぼくには時間がない。しげおっちゃんから携帯に連絡があり、予備校の前で待ちあわせることになった。荷物を持って二階から下へ降りていくと、母が小さな袋を渡してくれた。

「ここまでの準備はしてなかったでしょ。風邪薬とお腹の薬とビタミン剤。拓三、身体だ

けは気をつけて」

　ぼくは、母の手のぬくもりがまだのこっている小さな袋をにぎりしめた。

（母はいつからもっていたのだろうか）

　ハンドクリームの香りがほんのりとして、あたたかかった。泣きそうになったので、ぼくは急いで靴をはいて外に出た。まるで小学生の時、運動会でリレーの選手が入場門にあつまるようにと放送があったあとのように……。母の顔を全く見ることもなく、うつむいたまま走っていった。荷台に荷物をくくりつけ自転車に乗った。今ふり返るときっと母がいる。ぼくを見送ってくれていることは気づいていた。母もきっと、

（拓三、困ったことがあったら連絡しておいで。身体には気をつけるのよ。一人で大丈夫なの。一人でがんばれるの。一人で……）

　と、言いたいことは山のようにあったんだと思う。今ふり返ると自分の意志がゆらいでしまう。ここで一人でがんばらないと……。ぼくは、ゆるい坂道を全速力で下っていった。

　予備校の入口の前に一台の軽トラックが止まっていた。しげおっちゃんの車だとすぐにわかった。

「よっ拓三。うしろの荷台に自転車載せるから、降りて荷物を持って助手席に乗りな」

「はい。お願いします」

しげおっちゃんは、自転車をひょいっと軽々と持ちあげ荷台に載せた。

「よっしゃ。さあ出発するぞ。道をちゃんと覚えておけよ。まずここが拓三がお世話になっておる予備校……、まあこれは知っとるなぁ……。はっはっはー」

しげおっちゃんはいつも以上に明るく元気だった。ぼくは聞きたいことがいっぱいあった。

(どうやって父さんや母さんに話して説得したの？　母さんは何か言ってた？　父さんは反対しなかったのかな?)

でもしげおっちゃんは、ぼくにそんなことを言わせないように、いや考えさせないようにと、ずっとしゃべりまくりながら道案内をしてくれた。

予備校から四分くらい走ったところにコンビニがあり、そこで一度車を止めた。

「ここにコンビニがある。その向かい側二軒目に小さなスーパーがある。大体のものは、ここにそろってると思うから、予備校の帰りに買えばいいぞ。夜十時まで開いてるぞ」

「はい。助かります」

しげおっちゃんは、この日のためにいろいろ調べてくれたみたいだった。

それからまた車を走らせること約三分。

「あのかどに豆腐屋さんがある。そこを右に曲がったところがアパートだ」

車の窓から見ると、右手側に家族だけで営んでいるような小さな小さな豆腐屋さんがあった。もう何世代も受け継がれてきているような趣きのある店だ。近くを通りかかった人が、手にボウルや小さな鍋をもってその店に向かっている。最近ではスーパーにいけば、少し深めのパックに入って売られている豆腐だが、ここではみんな入れ物をもって買いにきている。

「この豆腐屋さん、有名なんですか」

ぼくはしげおっちゃんに聞いた。

「おお、わしももう何年も食べてないけど、昔から変わらない味で有名だな。大豆の味が口の中にひろがるようなかんじのおいしさだ。さあ、拓三曲がるぞ」

しげおっちゃんは右にハンドルをきり徐行をはじめ、そして止まった。

「随分古いけど、トイレも風呂もついて、ちゃんと生活はできる。二階はもう誰も入っていない。一階は四部屋のうち二部屋は使っている。単身赴任でこっちで働いている人たちだから、週末は実家に帰ってここにはいないし、二人とも職場が同じで、残業で遅くなったりしたらその職場で泊まることも多いから、あまり顔を合わすことがないかもしれないな」

「そうなんですか」

「わしは、自慢じゃないけど、他に紹介できるもっともっといいアパートやマンションはあるんだけどな。予備校からの距離が遠かったり、近くに便利すぎるものだの誘惑されるような店だのがあったら、集中して勉強できんやろうなあと思うて……ここにした。なにかと不便かもしれんけど、ここでええか拓三？」

「十分です。ありがとうございます」

「さあ、そしたら入ろう。拓三の部屋は一階のかど。二階は誰も使っていないから、この階段の横あたりに自転車を置いたらええからな。チェーンのキーも階段の手すりにつないだらええから」

「はい」

　ぼくは鉄筋の階段の手すりにチェーンキーで自転車をつないだ。

「これが部屋の鍵……一〇一号室だ。覚えやすいやろ。さあ入ろう」

　しげおっちゃんが鍵をあけて中に入った。

「拓三も入っておいで」

しげおっちゃんに呼ばれ、一歩中へ入ったとたん目にとびこんできた光景にびっくりして、声も出ず、足も止まったまま動かなくなった。窓には落ち着いた色のカーテンがかかっていて、六畳の広さの畳の部屋には、小さいけれど勉強するには十分な大きさの机といす、そして部屋のまん中に丸いテーブルが置いてあった。押入れの棚には、布団と毛布があり、横の小さなキッチンにも、もうすでに冷蔵庫と電子レンジ、炊飯器などが置いてあった。

「しげおっちゃん、これは……」

ぼくは驚きが隠せず、震えるような声で聞いた。

「わしからの『拓三がんばれ‼』の気持ちじゃ。前にも言ったかもしれんけど、わしは拓三を小さい時から見てきとるんやで。おまえはどんなときもよくがんばっとったぞ。兄ちゃんと比べられたりしてつらいこともあったと思うけど、でも拓三はいつも明るくて前向きで……。だから夢にむかって本気でがんばろうとする拓三を、どうしても応援してやりたいんじゃ。新しく買ったものは何もない。家にあったものばかりだし、わしの息子が一人暮らししとった時のものもあって……。だから気にするな。そんなこと何も考えんと拓三は勉強だけしたらええ」

　ぼくは泣きそうになった。今までぼくのことを見てくれている人なんかだれもいないと思っていた。太一兄さんだけが病院の跡取りとして期待され、気にかけられていると思っていた。

「しげおっちゃん、ありがとう。助かります。でもぼく、こんなに甘えていいのかなぁ……」

「拓三、わしは甘えてもらえてうれしいぞ」

「しげおっちゃん、本当にありがとうございます。ぼくがんばります。でもこれだけはお支払いしなければいけないと、今まで貯めていた小遣いを持ってきたんだけど、家賃はいくらですか」

　と言って、ポケットから財布を出そうとすると、

「おっと、そのことやけどなぁ拓三。それは出世払いということでどうや？　それからもう一つええ考えがあるんや……。拓三が夢を叶えて医者になった頃には、わしは年老いて、病気だのケガだの病院にお世話になっとるかもしれん。それでな、もし入院することになったら、バストイレ付きのスペシャルルームにしてもらおうかなと……。どうや拓三、え

え考えやろ」

「えっ？」

「はっはっはー!!　まあわしみたいなもん、病気の方が逃げていくかもしれんなぁ〜」

しげおっちゃんの笑い声が部屋じゅうに響いていた。

「あっそうそう、大切なものを忘れとった。ちょっとここで待っといてくれ。軽トラの中に入れたままや。取ってくるからな、拓三」

しげおっちゃんは、外に出ていった。そして、

「拓三、ちょっと入口開けてくれ」

ぼくがあわてて戸を開けると、しげおっちゃんが両手でお米の袋をかかえて立っていた。

「ごはんだけはちゃんと自分で炊くんやで。お米はしっかり食べんと頭がはたらかんで」

そう言いながらお米の袋をドスンと置いた。

「これだけは拓三の母さんから頼まれたんや。『拓三をお願いします』って、この重いお米の袋をわしの家まで持ってきたんや。母さんにもいろいろ思うことはあるんとちがうかな。親やからな拓三。本当は一番応援してくれてると思うで」

ぼくはあふれる涙をもうこらえきれなくなっていた。お米の袋の上にポタポタと涙がこ

ぼれおちた。

「さてと、わしはそろそろ帰ることにするか。拓三、また何か困ったことがあったら連絡してこい……。と言いたいところだが、一人でがんばると決めた以上、歯をくいしばって辛抱せーよ。拓三なら大丈夫。わしだけではないぞ、みんな応援してくれとる。ひとりになったらそのことがよ～くわかる。がんばれ!! 拓三」

しげおっちゃんの声もかすれかけていた。バタンと入口の戸が閉まり、しばらくすると軽トラのエンジンの音が聞こえてきた。そしてその音がだんだんと小さくなり、すぐに全く聞こえなくなった。

ちょっぴり虫食いの小さな穴があいたカーテン。そのすき間から夕日がさしこんで、スポットライトのようにお米の袋の横でひざまずくぼくが照らされているかのようだった。

ぼくはとうとう一人になった。でもこれは自分で決めたこと。自分のために、自分の将来の夢のために。

でもこの時はまだ、このあとに起こる大変な出来事を想像すらしていなかった。

第三章　知らないおばあちゃん

『ジャ〜ン』

目覚ましの大きな音。時計だけはいつも使っているものでなければ……。と思って持ってきていたが、いつもと同じように止めてまた寝る。

（あっ!!　ヤバい）

そうだ、ぼく一人なんだ。

（みそ汁あたためてるから〜）

母さんの声が早くもなつかしい。顔を洗ってきて、一人でごはんを食べる。昨夜のうちに準備しておいてよかった。みそ汁はインスタントだけど……。でも食べないと脳が働かないし、がんばる気力もでない。

（予備校の近くにコインランドリーがあったような……？）

そう考えながら荷物をリュックにつめて、部屋の鍵を締めて自転車に乗り、予備校へと向かった。

予備校では、センター試験の自己採点をもとに先生との面談があった。

「うーん、もう少しとれると思ってたけど……。まあそんなこと言ってもはじまらないから。それに君が受けるところは、二次も大きなウエイトを占めている。センターでできた穴は二次で絶対にうめてやるつもりでがんばろう。でもその前にまずは私立だな」

「はい。最後まであきらめずに全力でがんばります」

先生から『レベルを下げろ』とか『志望校を変えた方がいい』ということは言われなかった。だからあとは、受験本番までの時間、必死に勉強するだけだ。

予備校の帰り道にあるスーパーで、ちょっとしたおかずを買ってアパートに帰る。残っているごはんといっしょに食べる。インスタントのみそ汁も必ず準備した。食事中も単語帳を片手に、覚えながら食べた。そして遅くとも十二時には寝ることにした。規則正しい生活を送っていないと後で困るし、頼れる人が自分しかいないから……。

そんな生活も二週間がすぎ、二月に入ったある日、いつものように予備校から帰ってきて、自転車から降りて、階段の手すりあたりにいつものようにチェーンをかけようとした

時、

「ああ、けんちゃん、おかえり」

「うわぁ〜〜」

　ぼくはびっくりして、自転車ともどもひっくり返った。よく見ると、階段の下三段目あたりに一人の見知らぬおばあちゃんがすわっていた。手作りのような布の手さげ袋を二つ持っていた。髪はもうすっかり白髪だけど、くるくるとうしろで束ねてヘアピンでとめていた。おしゃれとはいえないけれども小綺麗な服を着ていた。すわっていたからはっきりとはわからないけど、身長は低く、やや細めの、全体的に小柄なおばあちゃんだった。

「失礼ですけど、どちらさまですか？」

　ぼくはか細い声で聞いた。

「えーっ‼　けんちゃん、なに？」

「いやいや、ぼくけんちゃんではないですけど……。おばあちゃんは誰ですか？」

「けんちゃん、ごはん食べたかい？」

（だめだ、話が通じない。どうしよう。きっと人違いだ。このまま聞こえないふりをして部屋の中に入ろう）

そう思って、ポケットから部屋の鍵を出して入ろうとすると、おばあちゃんもうしろからついてきて部屋に入った。

「いやいやおばあちゃん。ここはぼくが借りている部屋なんですけど……。人違いじゃないですか?」

と、必死に言うぼくにおばあちゃんは、

「けんちゃん、明日の朝もけんちゃんの好きな豆腐のみそ汁がええなぁ」

と言って、手さげの袋の中から片手鍋を出してきた。もう数十年も使い込んでるような古い型だけど、とても丈夫そうな鍋。それに水を入れてガスコンロの上に置いて、もう一つの手さげ袋の中から丸い缶を出して、その中に入っているイリコを数ひき、その鍋の中に入れた。

「だしは、いつものイリコでええな」

「……」

もう何がなんだかわからなくなってきた。

(しげおっちゃんに連絡しようか。いや警察に電話しようか)

もう何からどうしていいのか、全くわからなくなってその場にすわりこんだ。

「けんちゃん、どしたん、大丈夫や、けんちゃんなら大丈夫。そんな悲しそうな顔せんでええ。けんちゃんは朝が早いんやからもう寝たらええ」

ぼくの前髪あたりを軽くポンポンとしながらおばあちゃんはそう言った。

（いやいや、ぼくはまだ寝るわけには……、ぼくは受験生なんだ。もう私立の受験まで一週間もない。こんな時に厄介なことになった。もし警察に電話していろいろ調べられたりしていたら時間がかかるし、しげおっちゃんに話しても同じだ。ぼくには時間がないんだよ～。どこのおばあちゃんなのか、家を探してあげる時間が今のぼくにはない。あ～勉強しなきゃ勉強、勉強……）

そう思いながら、ドンと机の上にバッグをおいた。

シーンと静かになった部屋にかすかに聞こえる寝息。そっとふり返ると、あの知らないおばあちゃんが気持ちよさそうな顔でねむっていた。部屋のすみっこでまあるくなってねむっていた。小さなおばあちゃんが、より小さく見えた。ぼくは、しげおっちゃんが置いてくれていた二枚の毛布のうち、一枚をそっとおばあちゃんにかけてあげた。あとの一枚を、ぼくはマントのように肩から背中のあたりにまいて、椅子にすわり勉強をはじめた。

いざ勉強をはじめると、おばあちゃんの存在が気にならないくらい没頭した。書きなぐって覚えたり、計算に使っては丸めてくしゃくしゃにしたルーズリーフが、ゴミ箱やそのまわりにあふれ出して散乱していた。

少し休憩……、と思って……。

気がつくと、カーテンに朝の光が当たり、部屋全体が明るくなっていた。ぽわぁ〜んとした目にとびこんできたそのまぶしい光、と同時になんだかとてもなつかしいにおいがしてきた。

「母さん……」

小声で言って、はっと完全に目が覚めた。

（ここはアパートなんだ。家じゃないんだ。じゃあこのにおいは……？）

そっと振りかえると、ガスコンロの前に昨日のあの知らないおばあちゃんが立っていて、みそ汁をつくっていた。母さんのつくるみそ汁と同じにおいがして、朝がきたって感じがした。

「けんちゃんおはよう。顔洗っておいで。その間にみそ汁あたためるから……」

（うわぁ〜言い方まで母さんそっくり。でもぼくはけんちゃんじゃない!!　けんちゃんって誰なんかなぁ）

そんなことをあれこれ考えながら顔を洗いにいった。

丸い小さなテーブルの上に、たきたてのごはんが入ったお茶碗、おはし、そして豆腐のみそ汁が入ったおわんが置いてあった。

「さあ、けんちゃんも食べな」

「あ、あ、うん、はい……」

みそ汁の入ったおわんをもって一口飲んだ瞬間、ぼくは涙が出そうになった。

(母さんの味だ。母さんのみそ汁だ)

ぼくは、なつかしくてうれしくてたまらなかった。

「このみそ汁、ばあちゃんがつくったの？」

と聞くと、こくんとうなずいた。そしてぼくの前髪あたりを軽くポンポンとしながら、

「けんちゃんはいい子。だから大丈夫、大丈夫だよ、けんちゃん」

優しい声でそう言った。おばあちゃんの手はしわしわだったけど、あったかかった。

「あっ、ヤバい!!　予備校に行かないと!!　ごちそうさまでした」

ぼくは手を合わせて軽く頭を下げ、大急ぎで着替えた。バッグに参考書や問題集を入れて、靴をはき部屋をとび出した。風をきるように自転車を走らせ赤信号で止まった時、ふ

と思った。

（鍵をかけてないいんだけど大丈夫かな。あのおばあちゃんはいったい誰なんだろう。あやしい人？　いやあやしい人がみそ汁なんか作らないよなぁ）

そんなことを思いながら予備校へ向かった。

予備校に着いて勉強をはじめると、もう全てを忘れていた。あの知らないおばあちゃんのことも、アパートの鍵のことも……。教室の緊張した雰囲気、受験へのあせりが何もかもを忘れさせてくれた。

あたりが暗くなりはじめた頃、予備校を出てアパートに帰る。毎日同じくりかえし、同じ予定だ。ただ以前とちがっているのは、帰るとあの知らないおばあちゃんがいるということだけ……。

「ただいまぁ～」

いつも言わないことを小声で言ってみた。でも返事はかえってこない。部屋を見渡すと、昨日あんなにくしゃくしゃに丸めて捨てて、ゴミ箱からあふれ出していたルーズリーフや計算用紙の山が全くなくなり、さっぱりとしていた。おばあちゃんが机の上に置いていたらしい鉛筆もきちんと削れている。それも、小刀かナイフみたいなもので削ったみたいだ。

その一本を手に取ろうとした時、

「ああけんちゃん、おかえり」

「うわぁ～　びっくりした」

「けんちゃん、手洗っておいで。その間にみそ汁あたためるから」

（ばあちゃんずっと部屋にいたのかな）

そんなことを考えながら、言われたとおりに手を洗いにいった。

ばあちゃんが作ってくれたみそ汁を、ゆっくりと味わいながら食事がしたかったけれど、明日にせまった私立の入試が気になって、あせっていた。

すぐに机に向かい、あれもこれもと覚えようとするけど、全く頭に入ってこない。

（だめだ!!　こんな状態じゃ何のために一人で勉強することにしたのか……。何にも変わらないじゃないか。ぼくは一人になってもダメなのかな。ぼくはこんなにもプレッシャーに弱いのかな）

「あ～」

「くそ～」

そう叫んでいると、ばあちゃんがそっとやってきて、

「けんちゃんはいい子。だから大丈夫。大丈夫だよ、けんちゃん」

と言いながら、また前髪のあたりを軽くポンポンとしてくれた。でも今日のぼくは、何もかも素直にうけとれず、とにかくイライラしていた。

「はっ？　何が大丈夫なもんか‼　ばあちゃんにはわからないだろ、受験勉強の大変さが……。受験戦争まっただ中なんだ‼　何も知らないくせに言うな‼」

ぼくは問題集を床に投げつけ、シャーペンを壁に投げつけると、靴をはいて部屋から出て外へ走っていった。どこへという目的もなく、ぼくはただただ走り続けた。このあたりには、街灯がほとんどない。月の光だけがぼくの行く先を照らしてくれていた。

「はぁ～」

と、ひと息ついたところに小さな神社があった。

「こんなところに……」

小さな鳥居をくぐり、中へと入っていくと、右手奥の方に大きな石碑があった。近づいて見てみると、

『戦没者〇〇〇～』

月の光だけで、あたりは暗かったし、石碑の下の方はコケでおおわれていたので、石碑

わかった。

に刻まれている字が読めない箇所が多かった。でも多くの名前が刻まれていることだけは

（戦没者？　戦争で亡くなった人の名前？　このあたりだけで……。えっ？　こんなにも

……）

そう思った時、ぼくはハッとして胸が苦しくなってきた。ぼくはおばあちゃんにひどいことを言ってしまった気がする。おばあちゃんはこの戦争のことを知っている時代の人なのかな。もしかして親とか親戚の誰かが戦争に行っていたとか……。いろいろなことが頭をよぎった。

『受験戦争の大変さも知らないくせにー!!』

と、大声で言ってしまったけれど、受験戦争なんて命をかけて戦うものでもないし、難しい問題に直面しても、命がうばわれるような事態になるわけでもない。ただ同じ時期に受験する人と、試験を通して戦うという意味での戦争にすぎない。苦しいのは今だけで、受験が終われば緊張感から解放される。でも戦争は今でも、残された家族、その子孫に悲しい記憶を残している。

ぼくは、その石碑に刻みこまれている名前を一人一人手でなぞりながら、

「ごめんなさい」

と震えるような声で言って頭を下げ、再び走ってアパートへもどった。

（おばあちゃんにあやまらなければ……）

「ただいま。あの～、その～、おばあちゃんあのね～」

と息をきらせながら話しかけたけれど、おばあちゃんはいつものように小さくまるくなって、毛布を首のあたりまでかけて、もうねむっていた。

「おばあちゃんごめんなさい。ぼくおばあちゃんにひどいこと言っちゃったよ。何も知らないのはぼくの方だった。ぼくね、明日私立の試験なんだ。だからイライラして落ち着きもなかったと思うんだ。ごめんね。でもね、こうして話してると気持ちが落ち着いてきたよ。明日、がんばってくるからね、おばあちゃん」

ぼくは、ねむっているおばあちゃんのそばでしばらく話をしていた。

「よし、明日の準備をしてぼくも寝よう」

ぼくは立ち上がり、カバンの中に荷物を入れはじめた。

「受験票、そして筆記用具……、あれっ？　あっそうだ、さっきシャーペンを壁にぶつけてしまったんだ……。うわぁ～こわれてる～やばい、どうしよう……」

ぼくは床の上にドスンと腰をおろした時、食事をする時の小さな丸テーブルの上に、おばあちゃんが削った三本の鉛筆を見つけた。

「これ持っていこうかな。鉛筆なんて久しぶりだなぁ。明日、朝ごはんの時におばあちゃんに言わなきゃ」

荷物の準備もでき、ぼくはいつもより早めの時刻に目覚ましをセットして床についた。ドキドキしてねむれないかな、と思ったけど、さっきアパートを飛び出して神社まで走っていったりして、適度に身体が疲れていたからすぐにねむることができた。

翌朝、目覚ましの音よりも少し前に目が覚めた。いよいよだ。

「けんちゃんおはよう。顔洗っておいで。その間にみそ汁あたためるから」

おばあちゃんは、いつものように声をかけてくれた。ぼくは昨日の夜、あんなにひどいことを言ったのに。なのにおばあちゃんはこんなに優しい声で言ってくれた。

「おはよう、おばあちゃん。顔洗ってくるねっ」

ぼくは少しはずかしそうにささやくようにそう言って、洗面所へ行った。

いつものあのおいしそうなみそ汁の香りが部屋じゅうに広がってきた。

「いただきます」

今度は大きな声でぼくはそう言いながら、手を合わせた。

「おいしいよ。おばあちゃん」

おばあちゃんは、ニッコリほほえんでいた。

「おばあちゃんあのね、お願いがあるんだけど……。削ってあった鉛筆持っていっていいかな。シャーペンがこわれちゃって使えなくなったんだ。ぼくね、今日私立の試験なんだ……、だから……」

そう話していると、おばあちゃんはぼくの前髪のあたりにそっと手をおいて、

「けんちゃんはいい子。だから大丈夫。大丈夫だよ、けんちゃん」

と言いながら、軽くポンポンとしてくれた。昨日は、『やめろ!!』って思ったけれど、今日はこれがちょっとしたおまじないのように思えて、不思議なことにがんばれそうな、そんな気がしてくる。

「ありがとう、おばあちゃん。じゃあぼく、行ってくる」

ぼくはアパートを出て、試験会場へと向かった。少し早目に出たつもりだったけど、会場となっている大学には、もうすでに多くの受験生が来ていた。受験票に書かれている受験番号を見ながら教室を探し、そして席を探した。

「ここかぁ……」

自分の受験番号が書かれた紙が貼ってあるところの席にすわった。

（いまさらしてもなぁ～）

と思いながらも、まわりに影響されて、参考書や単語帳を出してパラパラっと目を通した。

開始五分前になると、問題用紙と解答用紙が配られ、試験官からの諸注意があった。

「はじめ」の合図で一斉に試験が始まった。ぼくは深呼吸をして、そっと自分の頭の前あたりに手をあてて二、三回ポンポンと軽くたたいて、そして始めた。気持ちはとても落ち着いていた。久しぶりに手にした鉛筆……、いつ以来だろうか。でもとても書きやすくて、すらすらと問題が解けた。芯が折れることもなくて使いやすかった。

三科目めの試験も、ゆっくりと見直しをする時間と気持ちの余裕があった。試験官の終了の合図で今日の試験は全て終わった。

「難しかったなぁ～」

「例年と傾向がかわっていたなぁ～」

と、まわりからいろいろな声が聞こえてきたけれど、ぼくは確かな手ごたえを感じていた。とても疲れたけど、快い疲れだった。ぼくはまっすぐにアパートへ帰った。

「ただいま」

今日も部屋の中がゴミひとつなく片付いている。あのくしゃくしゃに丸めた紙くずは、いったいどこへ持っていってるのかなぁ？　……と思いながらも、いつもさっぱりと掃除してくれていることに感謝している。

「けんちゃん、おかえり。手洗っておいで。その間にみそ汁あたためるから」

いつもの夕食前のおばあちゃんの言葉をきくと、心の中が先にあたたまる。

「おばあちゃん、ぼく今日の試験できたよ」

洗面所で手を洗いながらそう言うと、おばあちゃんが近くまでやってきて、

「けんちゃんはいい子、だから大丈夫。大丈夫だよ、けんちゃん」

そう言いながら頭の前あたりを軽くポンポンとしてくれた。

（ばあちゃんは、ぼくが今日試験だったことわかっているのかなぁ？）

ふとそう思ったけど、でもたとえわからなくても『大丈夫、大丈夫』と言われると、今はそれだけでうれしくなる。

そして一週間後、私立の合格の知らせが届いた。

「おばあちゃん、ぼく私立合格したよ」

「けんちゃんはいい子。だから大丈夫、大丈夫だよ、けんちゃん」

「そうだね。次の国立の二次試験も大丈夫だよね。おばあちゃん、ぼくがんばるよ」

「けんちゃんはいい子。だから大丈夫。大丈夫だよ、けんちゃん」

そう言いながら、おばあちゃんはいつものように、ぼくの前髪のあたりをポンポンとしてくれた。ぼくはその時、

(もしこの会話を全く知らない人が聞いていたら『変な会話』って思うだろうなあ)

と一瞬思った。でも、もうそんなことどうでもよかった。おばあちゃんがニコニコと喜んでくれている……、ただそれだけで。

国立の二次試験まであと一週間。ぼくは必死で勉強した。朝になると、いつものおいしそうなにおいで目が覚める。

「けんちゃんおはよう。顔洗っておいで。その間にみそ汁あたためるから」

今となってはもう、おばあちゃんがどこから来た誰なのかなんてどうでもよくなっていた。時々思うことは、ぼくが予備校に行っている間は何をしているのかなぁ～というくら

いだ。

「いってきま〜す」

と、大きな声で言うと、

「けんちゃんはいい子。だから大丈夫、大丈夫だよ、けんちゃん」

おばあちゃんに前髪のあたりをポンポンとしてもらって、今日も予備校へ出かける。もうあと数日だ。

そして予備校最後の日。

「拓三、一年間よくがんばったなぁ。落ち着いて今もっている力を出せば大丈夫だ。センター試験以降の伸びはすごかったぞ。私立もばっちり決めたしなぁ。ラストスパートだ。でも今日は早目に寝て、ベストコンディションで二次試験に臨むことだな。いい結果報告を待ってるぞ。拓三、絶対大丈夫だ」

先生は、そう言ってぼくの肩をポンポンとたたいて、握手をしてくれた。

「がんばって全力を出しきってきます。今までありがとうございました」

ぼくは、深々と頭を下げた。

思い返せば、はじめて予備校へ行った時は志望校すら決まってなかった。でも今では、父や兄と同じ医師をめざしているぼくがいる。一年という月日は、ぼくを大きく強くしてくれたような気がする。そんなことを考えながら、いつもよりゆっくりと自転車をこいでアパートに帰ってきた。

「ただいま」

「けんちゃんおかえり。手洗っておいで。その間にみそ汁あたためるから」

いつものように、おばあちゃんの優しい声とあたたかいみそ汁がぼくをむかえてくれた。

「おばあちゃん、明日国立の二次試験なんだよ。ここがぼくの目指してきた大学なんだ。大丈夫かなぁ」

「けんちゃんはいい子。だから大丈夫。大丈夫だよ、けんちゃん」

いつものように、前髪のあたりを軽くポンポンとしながらそう言ってくれた。

ぼくは、この時思った。ぼくはけんちゃんではないけど、こんなにもぼくのことを『大丈夫、大丈夫』と信じて言い続けてくれる人が世の中に一人でもいると、人ってこんなにもがんばれるんだなぁ〜と……。この一か月、ぼくはその言葉に支えられてきた。おばあちゃんはきっと人まちがいをしているんだと思うけど、本当のけんちゃんに、ぼくからも伝えてあげたい。

「大丈夫だよ」

と……。

そして国立二次試験当日。

ぼくは早く目が覚めた。でも、そんなぼくよりも早くおばあちゃんは、みそ汁をつくって待っていてくれた。

「けんちゃんおはよう。顔洗っておいで、その間にみそ汁あたためるから」

「うん」

おばあちゃんにとっては、今日も昨日と同じ一日なんだろうなぁ。もしぼくが今、アパートではなく自宅で国立二次試験当日の今日という日をむかえているとすれば、母にはいろいろと気をつかったりつかわれたり、

「いよいよだね」

「よくねむれたの」

「落ち着いて」

「体調は？」

などと、あれこれ言ってきたりするんだろうな。ぼくのことを心配してくれてるからだ

ろうけど、でも複雑な精神状態だから、素直に受け入れることができないのかもしれない。でも、今はちがう。おばあちゃんの『大丈夫』がぼくの心の支えになっている。知らない人なのに、どうしてだろう。

「おばあちゃん、行ってくるね。おばあちゃんが削ってくれていた鉛筆、今日も持っていくね。私立の試験のとき、すごく書きやすかったから……」

「けんちゃんはいい子。だから大丈夫。大丈夫だよ、けんちゃん」

おばあちゃんは、いつものようにぼくの前髪あたりを軽くポンポンとしてくれた。ずっとしていてほしいと思った。合格のおまじないのような、いや、もっとそれ以上の思いが伝わってきて、とても気持ちが落ち着いてくる。

ぼくは、受験会場へむかった。私立の受験の時は少しドキドキしていたけど、今日はとてもさわやかな気分だ。風を感じる余裕もある。

そして試験がはじまった。ぼくは、自分で前髪のあたりをポンポンとしながら気持ちを落ち着けた。心の中で『大丈夫、大丈夫』と言ったあと、試験問題にとりかかった。不思議なくらい落ち着いていて、ひらめいて、途中難しい問題もあったけど、今まで勉強してきたことをゆっくりと思い出すだけの余裕もあった。おばあちゃんが削ってくれた鉛筆が、魔法にかかったかのようになめらかに動いた。

（できた!!）

　ぼくは確かな手ごたえを感じた。

　試験が終わると、まわりでは友だちや同じ学校の仲間同士が、

「どうだった？」

「難しかったなぁ」

「ヤバいかも……」

と、口々に言い合っていた。試験会場を一歩出ると、迎えの車なのか、何台も何台も大渋滞していた。

「○○ちゃん、こっちよ」

「どうだった」

「できたの？」

「受験番号ちゃんと書いた？」

　あっちの車からも、こっちの車からもいろんな声が聞こえてくる。

　そんな大渋滞している車を一台一台追い越しながら、ぼくはひとり自転車で帰る。まっ

すぐにアパートへと……。

「ただいま」

息をきらせながらも元気いっぱい戸をあけた。

「けんちゃんおかえり。手洗っておいで。その間にみそ汁あたためるから」

いつもの優しい声が、ぼくをむかえてくれた。おばあちゃんはもちろん、

「どうだった?」

「落ち着いてできた?」

なんて言わないことなど、ぼくはわかっている。でもどうしても伝えたい一言がぼくにはあった。

「おばあちゃん、ぼく入学試験すべて終わったよ」

まだ立ったままのぼくに、おばあちゃんは、ちょっと背のびをしながら、

「けんちゃんはいい子。だから大丈夫。大丈夫だよ、けんちゃん」

そう言って前髪のあたりをポンポンとしてくれた。

「いただきます」

おばあちゃんのみそ汁を一口飲んだとき、今までの緊張、はりつめていた思いがほぐれ

てきたと同時に、おばあちゃんの優しいことばに涙がこぼれはじめた。ほほをつたってこぼれおちる涙が、みそ汁の中にポタリポタリと落ちていった。

「けんちゃんはいい子。だから大丈夫。大丈夫けんちゃん、大丈夫、大丈夫けんちゃん、……」

おばあちゃんは、何度も何度もくりかえしながら、ぼくの頭をポンポンとしてくれた。

「ありがとう、おばあちゃん」

そして国立合格発表の日。

さすがにドキドキして昨夜は全くねむれなかった。うとうとはするものの、すぐに目が覚め、いろいろと考えては不安になる、そんなくりかえしだった。だからぼくは、今朝はじめておばあちゃんがみそ汁をつくるまでの様子がわかった。おばあちゃんは、あの片手鍋をもってアパートの外へ行った。五時頃だったかな。まだ外はまっ暗だった。こっそりとあとをつけていくと、アパートへ曲がる唯一の目印となっているかどの豆腐屋さんで、手作りの豆腐を一丁買っていた。

（夜明け前、まだ暗くて寒いなか、おばあちゃんは毎日毎日こんなにも早く、みそ汁に入

れる豆腐を買いに行ってたんだね）

あふれ出そうな涙をじっとこらえ、おばあちゃんに気付かれないように、小走りでアパートにもどった。まだほんのりとあたたかさが残る布団にもぐりこみ、ぼくは一人泣いた。泣きつかれて知らないうちに眠ってしまった子どものように、ぼくはいつの間にか眠っていた。どれくらいの時間がたったのだろうか。いつものおいしそうなみそ汁のにおいが、部屋じゅうにひろがっていた。

いつもと同じ朝のはじまりだ。今はじめて起きてきたかのように、のびをしながらテーブルの前にきた。

「けんちゃんおはよう。顔洗っておいで。その間にみそ汁あたためるから」

「うん」

泣きながら眠ったからなのか、まぶたのあたりが少し腫れていた。おばあちゃんに気付かれないように目の前で手を合わせた。

「いただきます。おばあちゃん、ぼくね、今日国立大学の合格発表の日なんだ」

ぼくは、ちょっとうつむきかげんでそう言った。

「けんちゃんはいい子。だから大丈夫。大丈夫だよ、けんちゃん」

おばあちゃんは、いつものようにぼくの前髪のあたりを軽くポンポンとしてくれた。しわしわになったおばあちゃんの小さな手。でもその手は、優しくあたたかさがいっぱいつまった手だった。

国立大学の合格発表は、直接行って貼り出される結果をこの目で見ようと決めていた。アパートを出て、自転車で大学に向かった。近くなればなるほどドキドキとしてきた。大学に着くとそのドキドキはさらに大きくなり、経験したこともない大きさに……。過去をふり返ると、小学校時代、リレーのアンカーでバトンを受けとる前も相当ドキドキした記憶はあるけれど、そんなもの比べものにならない大きさだ。まわりにいる人たちを見ると、受験の日の帰り、大渋滞していた車に乗って迎えにきていたであろう母親や父親といる人や、友だちといっしょにいる人が多く、ぼくみたいに、たった一人でぽつんといる人など、ほとんどいなかった。

「えっ？　あの人ひとりで……？」

と、思われているのかなぁ。いや、みんなそんな他の人に目をむける余裕なんてないよなぁ。

ぼくは、掲示板から少し離れた場所に腰をおろし、前髪のあたりに手をおいて、おばあ

ちゃんがいつもしてくれていたようにポンポンと軽くたたきながら、

「大丈夫、大丈夫けんちゃん。あっいや拓ちゃん……。自分でけんちゃんだなんて……」

と、小声でぶつぶつ言いながら、何度も何度もくりかえした。

「えーい、こうなったら……」

と、両方の手の平を合わせて、

「ぼくの受験番号は一二二六番、全国、いや世界じゅうの十二月二十六日生まれのみなさん、ぼくにパワーを下さい。そして一二二六番地にお住まいのみなさん、車のナンバープレートが一二二六のみなさん、今おさいふの中に一二二六円入っているみなさん、ぼくに少しだけ運をわけて下さい。お願いします。合格してますように……」

ぼくは、手の平が汗ばむくらい、ずっと同じ姿勢で発表の時を祈りながら待っていた。

ついに発表の瞬間、まわりがざわめきはじめた。合格者の受験番号が書かれた紙が、特別に設置された掲示板に貼り出された。

「医学部一二二六、一二二六、一二二六……」

もう自分の番号をみつけた人たちが、キャーキャー、ワーワーと歓声をあげるのがあちらこちらから聞こえてくる。そして、どきどきしながら、ぼくの番号の列に目をやると……。

「あーっ、あっあっ、あったー!!　ぼくの番号だ、一二二六……」

うれしくて、うれしすぎて誰かと抱き合って喜び合いたいけど、ぼくは一人。まわりの人たちは、握手をしたり抱き合ったり、なかには胴上げされている人もいる。かと思えば、掲示板の前で自分の受験番号を指さして写真を撮り合っている人もいる。

（あっそうだ。ぼくも自分の番号の写真を撮って、おばあちゃんに見せてあげたい）

そう思って、ジャケットのポケットから携帯をとり出した。

「あの～ちょっちょっとすみません。あともうちょっと横に寄ってもらえませんか、すみません。ちょっと……」

と言いながら、ひと、ひと、人の体をかきわけかきわけ、やっとのことで写真が撮れた。

ほんとうはぼくも、自分の受験番号の横でピースサインなんかして撮りたかったけれど、この状況じゃ無理だ。

ぼくは、掲示板に一礼をしてその場を後にした。そして自転車に乗り、来た時の倍のスピードで走りはじめた。一分でも一秒でも早く帰りたかった。

すれちがう街行く人たちは、マフラーをくるくる巻いて、手袋をして肩をすぼめてゆっくりと歩いている。その横を、冷たい風をも吹きとばすかのように自転車でかけぬけるぼく。寒いどころか、身体も心も燃えるようにあつい。かどの豆腐屋が見えはじめたと同時に、アパートの二階部分も視界に入ってきた。あともう少しだ。

（おばあちゃん、帰ってきたよー）

ぼくは心の中でそうくりかえしながら、アパートのいつもの場所に自転車を置き、思いっきりぼくの部屋の入口の戸を開けた。

「おばあちゃ～ん。ただいま、ぼくね？」

「……」

「ばあちゃん、おばあちゃん」

「……」

（あれっ？　いないのかな）

靴をぬいで部屋に上がると、いつもおばあちゃんと食事する小さなテーブルの上に、何かの形に折られた白い紙が山のように盛り上がっていた。

「えっ？　これは……」

長いひもがついていたので、それをもってもち上げると、白い紙の山に見えたものは千羽鶴だった。よく見ると、その紙はぼくが毎日受験勉強で覚えたり計算に使った後、くしゃくしゃに丸めて捨てたルーズリーフやレポート用紙、計算用紙などだった。鶴の羽の部分に英単語が書いてあったり、計算していたり、公式などもところどころに見える。イライラしながら問題を解いていた時なのか、赤のボールペンで書きなぐっている部分や、蛍光ペンのあとも見える。

あんなに毎日散らかしていた紙くずを、おばあちゃんは一枚一枚広げて、しわをのばして、正方形に切りわけて鶴を折っていたんだ。ぼくは、一度もおばあちゃんに、

『あの紙くずどうしたん？』

って聞くこともなかった。毎日毎日自分の勉強のことだけで必死だったたって言いたいけれど、そんなこと今となっては、はずかしくて言えない。おばあちゃんは、片付けをしてくれてただけでなく、ぼくのために千羽鶴をつくってくれてたんだ。ばあちゃーん、おばあちゃーん、ぼくは、ぼくは、何も知らずに……。

千羽鶴の上に涙がこぼれ落ちて、ピンとはった羽が涙でぬれて、だらりとしてきた。

ぼくは一体、どれくらいの時間泣いていたのだろうか。

ぼくは一体、どれくらいの時間ぼーっとひとり首をうなだれ、すわりこんでいたのだろ

うか。

　あたりがうす暗くなりはじめ、カーテン越しに夕日がさし込んできた。そのまぶしさにはっと我にかえった。

「こんなところで、じっと泣きながらすわりこんでいる場合じゃない」

　ぼくはあわてて外へとび出した。

「おばあちゃんを探さなきゃ」

　まずは、かどの豆腐屋さんへ行った。

「あのーすみません。いつもここに豆腐を買いにくるおばあちゃん……、来ていませんか？　小さな片手鍋をもって買いに来るおばあちゃんは……」

　と聞くと、

「あっあのおばあちゃんね。豆腐を買いに来てくれましたよ。今日も朝早くにね。でも、いつもなら昼すぎにもう一度来てくれるから準備しているんだけど、『今日はどうしたんかな？』と主人と話してたところだったんよ。あなたの家のおばあちゃんなの？」

「あっ、いゃあ、いえ、ああそうです」

　ぼくは、ドキッとしてわかりづらい返事をしたあと、

「突然すみませんでした。おじゃましました。ありがとうございました」

と、少し早口で言って、ペコリと軽く頭を下げて店を出た。そして自転車に乗った。

（交番だ、どこにあるんだ？　たしか、しげおっちゃんに道を教えてもらった時、コンビニのそばあたりで見かけたような気がする）

そう思って再び自転車を走らせた。五、六分、いやもう少し走ったかなぁ。必死でペダルをこいでいたから、時間の感覚があまりなかったけど、交番の前に着いた時、携帯を見ると、そのくらいの時間がすぎていた。もう夕方五時半をまわっていた。

「すみません」

小声で言った。交番ってはじめてだったから少し緊張した。

「はい。どうかしましたか」

優しそうな五十歳くらいのちょっと太めの警察官だった。

「あの〜そのー、おばあちゃんがいないんです」

「おばあちゃんというのは、あなたのですか。まずはあなたのお名前をうかがってもいいですか」

「ぼくですか？　樫原拓三です」

「かしはらたくみさんですね。それで、おばあさんの名前は樫原何さんですか？」

ぼくは、はっとした。

「えっ？　いや〜名前……わからない」

「わからないんですか？　それは……、困りましたね。では、おばあさんの年齢は？」

ぼくの心拍数がはげしく上がってきた。

「あっあの〜それもわからない……です」

「えーっ!!　ほんとうにあなたのおばあさんですか。住所は？　今日着ていた服は？　髪型は……？」

自分の心拍数がさらに速くなり、ぼくは、まっすぐに立っていられないくらい身体が震えはじめた。

「あの……、知らないんです……。ぼくは……、何も……」

身体のふるえを止めながら、一言一言しぼり出すように言った。

「それでは何の手がかりもなく、探すことができかねますね。うーん、困りましたね」

「すみません。ぼく一度帰ります。もしかして帰ってきているかもしれないから……。御手数をおかけしました」

と、か細い声で言いながらぼくは交番を後にした。自転車に乗る元気もなく、自転車に疲れきった身体を委ねながらゆっくりゆっくり歩いた。

どれくらい歩いただろうか。気がつくと、以前一度来たことのあるあの小さな神社にたどり着いた。ぼくは自転車を倒し、のめりこむようにあの時に座った石の上に腰をおろした。もうあふれ出る涙がとまらなかった。

（ぼくは、ぼくは……、おばあちゃんの名前も歳も、どこの人かもなんにも知らないんだ。あんなに長い間いっしょにいたのに……。どうして一度も聞かなかったんだ。いつも自分のことばかり考えて……、ぼくは、何してたんだ……）

あたりはすっかり暗くなり、この神社にはぼく以外誰もいない。だからぼくは思いっきり泣いた。泣いて泣いて……、泣き疲れて……、どれくらいの時間がたった頃だろうか。

静まりかえった神社の境内の裏側のあたりから、

「ガラ、ガラ、ガチャ……」

と、何か金属か金物を引っかくような音が聞こえた。

「何だろう」

と、音のする方へゆっくりと近づいてみると、

「あっ!!　あれは……」

見覚えのある鍋。そう、おばあちゃんがいつも使っていたあの片手鍋が落ちていた。鍋を拾いあげると、

「キャン、キャン、キャキャン」

と、子犬の鳴き声がした。生後数か月くらいの柴犬のような小さな雑種の犬が一ぴき、甲高い声で吠えていた。

「おまえ、この鍋どうしたんだ!!　どこで拾ったんだ!!　鍋をもっていたおばあちゃんどこに行ったんだ!!　教えろ!　いや教えて下さい。たのむから教えて……」

ぼくは子犬を抱きあげ、くりんとした目を見ながら真剣に聞いた。

「キャン、キャン」

「そうだよな。おまえに聞いてもなぁ〜。ごめんごめん」

ぼくは、子犬を抱いて鍋を持ったまま境内のまわりを何度もゆっくりとまわった。かすかに吹く風に、一枚の紙みたいなものが飛ばされ、さい銭箱の横におちてきた。

拾ってみると、それは折りかけの鶴だった。見覚えのある紙……。あわててひろげてみると、英単語が……、何度も書きなぐった同じ単語ばかり……。それは間違いなくぼくの

字だった。

（おばあちゃんは、いつもここでお参りしながら鶴を折ってくれていたのかな）

ぼくはもう立ち上がる元気も、歩く元気もなく、すわりこんだまま、再びあふれ出る涙をぬぐう気力すらなくなっていた。

それからどのくらいの時間がたったのだろうか。あたりはもうまっ暗だった。

（もしかして、おばあちゃん、アパートに帰ってきてるんじゃないかな）

そう思いはじめて、ぼくは乗りすてたまま横に倒れていた自転車の前カゴにおばあちゃんの片手鍋を入れて、ポケットに途中までしか折られていない折り鶴を入れた。

「キャンキャン」

自転車を少し走らせると、うしろからさっきの子犬が走ってあとをつけてきた。

「おまえもおばあちゃんのことが心配だよな。あの鍋においしそうなみそ汁のにおいがしみついているもんなぁ。いっしょに行くか」

そう言って子犬を抱きあげると、しっぽを元気いっぱいプルプルと振って、ぼくの涙でいっぱいのほほをペロペロとなめた。

「くすぐったいだろ!!　わ～やめろ!!　さあ、行くぞ!!」

パーカーのファスナーを少しおろして、子犬を入れると、ぼくは自転車に乗った。もうかどの豆腐屋さんのシャッターも閉まっていて、アパートへ向かう道はまっ暗だった。

アパートに着き、部屋の窓を見てもあかりがついていないことはすぐにわかった。でもおばあちゃんは帰ってきていると信じたかった。だけど、やっぱりいなかった。ぼくは再び大声で泣いた。と、その時携帯が鳴った。

「もしもし」

「おお拓三か、わかるか？　わしだ」

「しげおっちゃん……」

「そうだ、久しぶりやなぁ拓三。今日発表だったんとちがうか。連絡がないって、さすがに父さんも母さんも心配しとったぞ」

「あっ、うん、受かった」

「よかったやないか。おめでとう。一年浪人したけど、太一と同じ大学の医学部に受かったんやな。拓三がんばったな」

「ああ、うん」

「どうした拓三、何かあったんか、大丈夫か。ちょっとおかしいぞ。今どこにおるんや。

アパートか？」

「うん」

しげおっちゃんの声を聞くと、また涙がこみあげてきた。ぼくのパーカーの中からちょこんと顔をだしている子犬の頭の上に、ほほをつたって涙がおちていく。

「キャン、キャン、キャイーン」

「たったくみ〜、犬がいるんか？　どうなってるんや。今からそっちへ行くから、そのままそこで待っとけよ」

ぼくは、もうすでに切れてる携帯を耳にあてたままじっと動けなかった。

第四章　春の歌音（カノン）

あの電話から十分くらいたっただろうか。アパートの外に一台の車が止まる音が聞こえた。

「拓三、おっちゃんだ、入るぞ」

そう言って、しげおっちゃんが部屋の中に入ってきた。ぼくは、携帯をもって、靴をはいたまま入口付近にすわりこんでいた。その横でカランカランといわせながら、子犬が鍋に入ったり出たりしていた。

「どうしたんや。何があったんや、拓三」

「しげおっちゃん……」

あんなに泣いたのに、しげおっちゃんの優しい声に、また涙があふれ出した。ぼくは、このアパートに来て一人で勉強をはじめた時のことから、知らないおばあちゃんと会って、そして今までずっとはげましてもらって、そして今日が発表というこの日に、発表を見にいって帰ってくると、おばあちゃんがいなくなっていたことなど、何もかも全部しげおっちゃんに話した。誰かに話すこと、誰かに聞いてもらえることで、ぼくは高ぶっていた気持ちが少しずつ落ち着いていく自分に気付いた。

「そうだったんか。そんなことがあったんか。それは大変だったなあ」

「しげおっちゃん。ぼくは自分の受験のことばかり考えて、おばあちゃんのこと何一つ考えてあげられなかった。どこから来たのか、名前は、年齢は、家族は、何も聞かずに……。ぼくは、ぼくなんか最低の人間だ。こんなぼくが医学部合格したって、人の命なんか助ける医師をめざす資格なんてないし、ぼくにはできない。一人のおばあちゃんさえ気にかけてあげられなかったんだ」

　再び涙があふれだした。

「わかった、拓三、もう泣くな。おっちゃんと警察に行ってもう一度話してこよう。もしかしたらおばあちゃん、自分の家に帰ってるかもしれんしな。拓三、おまえがずーっと泣いておったって、おばあちゃんはうれしくなんかないと思うぞ。元気だせ。『大丈夫、大丈夫』そう言われたんやろ」

「う、うん」

気がつくと、もう外はうす明るくなって、夜が明けていた。しげおっちゃんは、夜中じゅうずっとぼくの話を聞いてくれていた。

「ところで拓三、おめでとう。よくがんばったなぁ。いろいろあったかもしれんけど、ちゃんと大学へ行って必ず医者になるんや。それがおばあちゃんへの恩返しにもなると思うぞ。だから一度、家には帰ろう。おっちゃんもついていってやる。入学金のことや学費のことなんかの、いろいろな手続きもあるやろ」

「ありがとう、しげおっちゃん」

ぼくはもう随分気持ちが落ち着いてきていた。

「しげおっちゃん、でもぼく一つお願いがあるんだ。ぼく、このアパートで下宿したい。このアパートから大学に通いたい。もしかしたらおばあちゃんが帰ってくるかもしれない。でもその時は必ず、こんどこそ名前も住所も聞いて、おばあちゃんの家を探すから……。しげおっちゃん、お願いします。ぼく、このままじゃ帰れない」

「よし、わかった。だがピカピカの医大生がこんなオンボロアパートでええんか？」

「ぼくには最高の場所です。今までも、これからも……。ぼくは、またここで次なる夢を叶えます。きっと……」

「よーし!!　元気になってきたな拓三。コーヒーでも一杯飲んで、さあ警察へ行こうか」

「はい」

アパートの外に出た瞬間、さしこんできた朝の太陽の光が、泣き腫らしたぼくの目にはまぶしすぎて、なかなか目をあけることができなかった。

「おーい拓三、こっちだ」

しげおっちゃんが、軽トラの窓を少しあけて手を振っていた。ぼくは子犬を抱いて、しげおっちゃんの軽トラに乗った。

「拓三、その犬は?」

運転しながら、しげおっちゃんに聞かれた。

「おばあちゃんを探す手がかりになるかな～と思って……。神社でおばあちゃんの片手鍋を見つけたとき、その中にこの犬が入ってたから……。犬の嗅覚っていいからね」

途中、近くのコンビニであたたかいコーヒーを買って、飲みながら警察へ向かった。

警察に着くと、しげおっちゃんは事情を詳しく説明して深々と頭を下げてくれた。ぼくもいっしょに頭を下げた。いろいろな書類にサインをしたり、さらに詳しく事情を聞かれ

たりと、一時間くらいかかった。警察官が、

「近くの署にも問い合わせをかけてみたのですが、そのくらいの年齢で、そういった特徴の方の行方不明者や、捜索の依頼などは現時点で出ていないようです。また署の方でも、他の署とも連絡をとり合いながら調査しますので、そちらの方でも何かありましたら、今度は必ずすぐに連絡して下さい」

しげおっちゃんとぼくは、また深々と頭を下げた。

「わかりました。御迷惑をおかけして本当に申し訳ありませんでした」

そう言って、警察を後にした。

「拓三、これでもうあとは警察におまかせしよう」

「ありがとう。しげおっちゃん」

「さてと、今度は拓三の家へ行くぞ、久しぶりやなあ。大学の入学手続きとかの書類はちゃんと持ってきたか?」

「うん」

しげおっちゃんは、そう確認して車を走らせた。自分の家に向かうというのに、ぼくはとてもドキドキしていた。一か月くらい離れていただけなのに……。生まれ育った家だと

いうのに……。この緊張感は何だろう。まずなんて言おうか。何からどう話そうか。そんなことを考えているうちに家に着いた。

少し前にしげおっちゃんが連絡してくれていたのか、母が玄関を出た門のところで待っていた。

「お兄さん、拓三が何から何までお世話になってすみません。ありがとうございます」

母はしげおっちゃんに何度も何度も頭を下げていた。そして、

「拓三、おめでとう。よくがんばったね。父さんも太一もとても喜んでたよ。本当は拓三が今日来るってわかった時、二人とも楽しみにしていたんだけど、急患が入ってね、二人は今も病院にいるから……」

「ありがとう母さん。発表があった日にすぐ連絡しようと思ってたんだけど、ちょっといろいろあって……。それで……、あの……、これからは……、あの……」

「拓三、話はしげおっちゃんから大体聞いていますよ。だから、もういいよ。無理して話さなくても……。拓三が思うようにしたらいい。あのアパートで下宿したいんでしょ。拓三はもうどこにいても一人で考えて、一人でがんばれる子に成長していますよ」

「ありがとう、母さん」

しげおっちゃんがいっしょにいてくれることで、母と落ち着いて穏やかに話ができた。母と二人だけだったら、何からどう話していいのかわからないままだった。きっと、ただうなずくだけで黙ったままだったかもしれない。いっぱい話したいことはあるのに……。

「太一兄さんと同じ大学、同じ学部だから、母さんよく知ってるよね。だから、よろしくお願いします」

と言って、ぼくは母に、大学の入学手続きみたいなもの一式が入った大きい封筒を渡した。母はニッコリと笑顔でうなずいて、その後しげおっちゃんに話しかけた。

「お兄さん、また拓三がお世話になります。家賃は、これまでの一か月分も合わせてお支払いします。また契約書など手続きで必要なものを教えて下さい」

「さてさて、月々いくらにしましょうかね。普通の二、三倍いただくことにしようか？ハッハッハー。うそうそ。かわいい甥っ子だから、お安くしとくよ。おんぼろアパートだしね。他に新しい物件もいろいろあるけど、本当に今のところでいいんだな、拓三？」

「うん、もちろん」

ぼくは笑顔でそう言って、二階の自分の部屋にかけ上がり、急いで必要なものをいくつかの大きなかばんにつめこんだ。

（あっ!!　これいいかも……）

と、子犬のためにかわいいカゴも持って二階から下りてきた。

「じゃあ母さん、また必要なものがあったら取りに来るよ」

玄関で靴をはきながらそう言うと、

「拓三、ちょっと待ってて、渡したいものがあるから……」

と言って、母はリビングのソファの上に置いてあった荷物を持ってきた。

「太一と体格はあまりかわらないから、同じサイズで選んだから」

そう言って、入学式で着るスーツと靴が入った袋を渡してくれた。

「母さん……」

ぼくは、こみあげる涙で言葉がつまって、『ありがとう』が声にならなかった。そしてほほを流れてくる涙に気付かれないように、走って外に出て、しげおっちゃんの軽トラの助手席に乗った。

軽トラのサイドミラーにうつる優しく手を振る母の姿が、だんだん小さくなっていた。

ぼくは母に手渡された袋をじっと胸にかかえて、何度も何度も心の中でくりかえした。

「母さん、ありがとう。ありがとう、母さん」

と……。

そして四月。

ぼくは念願のT大学医学部の学生となった。母がプレゼントしてくれたスーツを着て、今まで履いたことがないようなスーツにぴったりの靴を履いて入学式へと向かった。緊張と着慣れないスーツで、とても長く感じた入学式。終わって会場の外に出ると、サークル勧誘の嵐だった。気がつくと、両手に持ちきれないほどのサークルのビラをにぎっていた。

（大学ってすごいなぁ～）

とにかく驚いてばかりの一日だった。

それからしばらくの間、毎日のようにいろいろなサークルで新入生歓迎行事が続いた。

ぼくは、サークルに入るつもりはなかった。興味が持てるものがなかったというわけではない。気持ちのどこかで、やはりあのおばあちゃんのことが気になっていて、講義が終わったらまっすぐ下宿に帰りたかったからだ。

「まじか?」

同じ学部でできた友だちからは、何度もそう言われたけど、適当に理由をつけて笑ってその場をつくろった。昨日今日友だちになった人に、あの知らないおばあちゃんのことを話す気持ちにはまだなれなかった。

　ぼくは大学から帰るとすぐにジャージに着替えて、犬の散歩に出かけた。その時はいつも大きめのリュックを背負っていた。そのリュックの中には、千羽鶴とおばあちゃんの片手鍋を入れていた。いつ、どこでおばあちゃんを見かけても、これを持っていたらきっと気付いてくれると思ったからだ。

　そんなある日、いつものように川沿いの道を散歩していると、どこからか美しい歌声が聞こえてきた。

（いつかどこかで聞いたことがあるような、なつかしい歌）

　そう思ったけれど、全く曲名すら思い出せない。それにしても、河川敷にひびきわたるようなあまりにも美しい歌声すぎて、ついつい立ち止まって聞いていた。ふわぁ〜っと体の力がぬけて、気がつくとしっかりとにぎっていたはずのリードを放してしまっていた。

　いつの間に歌が終わっていたのか、聞こえなくなり、でもぼくはまだ余韻にひたりながらその場でじっとしていると、さっきまで歌を歌っていたらしき女の子が、ぼくの方に向かって歩いてきた。

「ねえ、名前なんていうの？」

「ぼく拓三、樫原拓三です」

「ちがうよ。この子犬だよ」

（えっ？　いつ、どうして……）

「あっ、すみません。あまりにもきれいな歌声だったから、子犬のリードを放してしまってたんだ。練習の邪魔してたんだね。ごめんなさい。子犬はいつも子犬って呼んでて……」

「全然気にしてないよ。でもさ、この子、子犬って……、それじゃあかわいそうだよ。ちゃんと名前つけてあげないと……。あっ!!　その前に、私の名前は『はるか』、蒼井春歌。よろしくね」

はじめて会ったとは思えないくらい、自然で話しやすい明るい女の子だった。

「いつもここで歌の練習してるの？」

「うん、毎日ではないけどね。でも時間がある時はいつもここかなぁ。気持ちがいいし。ところで、早く名前つけてあげようよ。メスなんでしょ。う〜ん、『たくみ』の『み』と『く』、『はるか』の『る』で、『みるく』ってどう？　かわいいでしょ」

「みるくか……、いいなぁ～」

「ねぇ、明日も散歩に来る？」

「うん」

「じゃあまた明日ね、拓三、みるく」

　春歌ちゃんは笑顔でそう言って、近くにとめていた赤い自転車で、鼻歌を歌いながら帰っていった。

（家、近くなのかなぁ。大学生なのかなぁ。声楽の勉強でもしているのかなぁ）

　明日また、いろいろ話してみたいと思った。

「さあいくぞ、えーっと、あっ、みるくだったな。ぼくたちも帰ろう」

　大きなリュックを背負って、ぼくはアパートへ向かった。

　そして翌日、大学から帰って、いつものリュックを背負って、みるくをつれて散歩に出かけた。昨日と同じ河川敷で、今日も春歌ちゃんと会った。次の日も、また次の日も、春歌ちゃんは同じ場所で歌の練習をしていた。自主練習後すぐにバイトへ行かなければいけないし、歌のレッスンもあるからと、いつも長くても十分くらいしか話ができなかった。

　でもその時間がとても楽しかった。春歌ちゃんとの時間が、知らないおばあちゃんのことを忘れさせてくれるような気がした。

　話しているうちに、いろいろなことがわかってきた。春歌ちゃんは、同じ都内の音大一回生。母ひとり子ひとりの母子家庭……。だから学費で親に苦労をかけているぶん、レッスン料とか他の費用は、自分でバイトしてやりくりしているみたいだ。同い歳、あっいや、ぼくは一年浪人しているからぼくの方が一つ年上だけど、春歌ちゃんの方がぼくなんかよりもずっとしっかりしている。

　ぼくと春歌ちゃんは、次にいつ会うという約束をするわけでもない。お互いに大学での講義やレッスン、実習など忙しい日や日々の予定も当然違うから仕方がない。会いたいと思っても、ここまで散歩にくる時間がないときもあるし、レポート作成などで、大学から帰ってくる時刻さえ夜遅くなりそうな時は、しげおっちゃんにみるくをたのむこともあったぐらいだったから、そう思うと会えない日のほうが多かったかもしれない。

　でも春先三月、四月……、入試や入学式の頃は、会う機会、話す機会が多かった。二回生になる春も、三回生となる春も……。そして四回生になった春、みるくも大きくなって、すっかり春歌ちゃんにもなついていた。

　そんなある日、春歌ちゃんが、

「ねえ、前からずっと聞きたかったんだけど、いつも背負ってるその大きなリュックの中って、何が入っているの？」

と、不思議そうな顔をして聞いてきた。

春歌ちゃんには、あの時のことをいつか話そうと思っていたから、きっかけができてちょうどよかったって思った。ぼくは浪人時代の受験前約一か月間の出来事、知らないおばあちゃんとの出会いの話をした。話しはじめて五、六分くらいして、春歌ちゃんが携帯を気にしながら、

「あっちょっとごめんね」

と言って、この場を離れたけれど、すぐもどってきた。

「大丈夫？」

って聞くと、

「気にしないで、大丈夫だから。ねえ、それで……」

ぼくは、おばあちゃんとの出来事を、まるで最近あったことのように詳しく話した。今でも何もかもはっきりと覚えていた。時間を全く気にせず話していたけど、三十分、いや四十分、いやそれ以上話し続けていたと思う。春歌ちゃんは、黙って最後までぼくの話を

聞いてくれた。

「そんなことがあったんだ。だからそのリュックに千羽鶴と片手鍋を入れて、みるくをつれて散歩してたんだね」

ぼくはその時はじめて時計を見た。

「あっごめん。こんな時間になっちゃった。本当ごめん。バイト大丈夫かな？　遅刻だよね。叱られるよね」

「だいじょうぶ……、だよ。さっきちょっと遅れるって連絡したから」

「えっ？」

「だって、あんな深刻そうな拓三くんの顔見たのってはじめてだし、最後まで聞いてあげたいなって思ったから……」

「ありがとう。ほんとごめん。でも心の中がすーっとしたよ」

「よかった。じゃあもう行くね。あっそうだ。ねぇ、明日って散歩に来る？　私もね、聞いてほしいことがあるんだ。明日は、歌のレッスンはあるけど、バイトは休みだから、ちょっと長く話せるかな」

「うん、わかった。じゃあ、また明日。今度はぼくがいっしょうけんめい聞くから……。

いっぱい話しよう」

そう言って別れた。

そして翌日。めずらしく歌の練習をしてなくて、春歌ちゃんは川辺にすわっていた。

「ごめん遅くなって。今日みたいな日にかぎって講義が長びいて……」

「ぜんぜん。大丈夫だよ。私も今来たところだから」

ぼくは、春歌ちゃんの横に並んで座った。

「話って？」

「私の家って、母ひとり子ひとりの母子家庭って言ってたでしょ。でもね、お父さんいるの、どこかに……。

父は家庭より自分の夢を選んだみたいでね。今は、バリトン歌手として海外で活躍してるみたいなんだ。その当時、母はまだ幼い私をかかえていたから、ただ夢を追うばかりの父についていけなかったの。でも母は、父が嫌いじゃなかったわけで、気持ちの中では応援してたんだと思う。だって、大きくなった私にその時のことをかくさず教えてくれたし、もし父のことが嫌いだったら、私が父と同じ音楽の道に進むことを反対するでしょ。

だからね、私も一生懸命勉強して、練習して、海外でも有名になるくらいになって、父を探すんだ。そしていつになるかわからないけど、父と母を会わせてあげたいと思ってるの。それが私の夢なんだよ」

　春歌ちゃんの目は少し涙ぐんでいた。

「そうだったんだ。春歌ちゃんはいつも笑顔だし、元気で明るいから、そんなことかかえているなんて思わなかったよ。何も知らずにごめん」

　ぼくの目にも涙があふれてきた。

「やだ、拓三くんあやまらないでよ!!　何も悪いことしてないんだから。それに拓三くんだから話したんだよ。拓三くんも何でも私に話してくれたでしょ。私うれしかったんだよ。がんばろうよ、お互いに……。拓三くんも、お父さんやお母さん、お兄さんのこと嫌いじゃないんでしょ。でなきゃ医学部選ばないでしょ。心の中では家族の力になりたいって思ってるんでしょ。だから私といっしょだよ、きっと……」

「そうかなぁ～」

「そうだよ。あっそれとね、昨日リュックの中身のことや、知らないおばあちゃんのこと拓三くんから聞いて、夜ちょっと考えたんだけど……。拓三くんってもう何科に進むか決めたの？　外科とか、内科とか……」

「まだはっきりとは決めてないんだ」

「だったら高齢者の多いところ……、といってもどこも多いのかもしれないけど、たとえば最近、認知症外来っていうのもあるみたいでしょ。そのおばあちゃん……、もしかして……」

　春歌ちゃんは、声をつまらせた。そしてあわてて、

「あっ!!　ごめん。勝手な想像で言ってしまって……」

「いや、いいんだ。ぼくもそうじゃないかと思ってたんだ。今、大学でいろいろ勉強してるからね。その一つ一つがあの時のおばあちゃんにあてはまるんだ。そういえば……、って思うこともいっぱいあるしね」

　ぼくは、そう落ち着いて言った。

「私、医学部のことあまりよく知らないけど、五回生になったら、どこかの病院で研修医として実習があるんでしょ。もしかして会えるかも……」

「確率は低いけど、でも絶対会えないって決まってるわけじゃないからね」

「会えるといいね」

「みるくは連れていけないけど、このリュックは実習の時にも持っていって、もし会えた

ら何かを思い出すきっかけになれたらいいなあって思ってるんだ。それに、おばあちゃんの爪の跡までしっかりと残っているほどの、大切なこの片手鍋、返してあげないとね」

「ちゃんと考えてるんじゃない。すごいよ、さすが拓三くん」

春歌ちゃんの顔に笑顔がもどった。ぼくたちの笑い声にびっくりしたのか、みるくがワンワンとしっぽをふってかけ寄ってきた。

「拓三くん、あのね、まだ少し先のことだけど、来年の三月一日、予定あけててくれる？いつもより早目に……」

「うん、了解、大丈夫だよ」

「まあそれまでに何度が会えるとは思うけど、この日は必ず来てね。じゃあ、またね」

「じゃあ」

春歌ちゃんとぼくは、笑顔で手をふって別れた。

四回生ともなるといろいろと忙しくなり、今までと同じ月日、同じ時間とは思えないくらいの速いスピードで、季節がうつりかわっていった。

そして、春歌ちゃんと約束した三月一日、ぼくはいつもよりかなり早く、この河川敷に来た。みるくと待っていると、

「おまたせ」

と、春歌ちゃんの声が聞こえたので振り返ると……、ぼくは完全に言葉を失った。そして、しぼり出すような声で、

「は・る・か・ち・ゃ・ん……」

と……。そこには、いつも歌の練習の合間に河川敷で走ったり、飛び跳ねたりする元気な春歌ちゃんじゃなく、はかま姿の大人の一人の女性が立っていた。

「拓三くん、びっくりした？　今日ね、音大の卒業式だったの」

「あっそうなんだ、おめでとう、とってもよく似合ってるし、春歌ちゃん、すごくきれいだよ」

「ありがとう拓三くん。あのね……」

春歌ちゃんは少し声をつまらせながら、小さな声で、

「あのね、私ドイツに留学するんだ。バイト代もたまったし、本格的に音楽の勉強をしようと思ってるの」

ぼくはあまりにも突然の話に、言葉が全くでてこなかった。しばらくお互いに沈黙の時間がすぎていった。

「そうなんだ。びっくりしすぎて言葉が出なかったよ。お母さんは一人になるの？　心配じゃない？　大丈夫？」

「うん。私が選んだ道だから応援してくれるって。いつも無理ばかりする母だから身体のことは心配だけどね。だから母には言ってるんだ。『調子が悪くなったら、樫原病院に行くといいよ。とっても優しくって、心温かい先生がいるから。でもまだね、お医者さんの卵だけど、絶対いいお医者さんになると思うんだ……。私のおすすめの拓三先生』って……」

「うわぁ……。ハードル上げすぎだよ。プレッシャーかかるなあ」

二人の笑い声を聞いて、みるくが思いっきりしっぽをふって、ワンワンと駆け寄ってきた。

「みるく、だめだって!!　春歌ちゃんのはかまがよごれるから、こっちおいで」

ぼくはあわててみるくを抱き上げた。

「ねえ拓三くん、たしかはじめて会った頃、季節のなかで春がきらいだって言ってたでしょ。嫌いなイメージを変える方法があるの……。知ってる？　それはね、とびっきり最高の春のイメージを新しくつくればいいいんだよ。だから私が、歌をプレゼントするね。初めて会った時に練習していた曲『早春賦』、あの頃に比べると上手になってると思うよ。だから目を閉じて聞いていてね」

春歌ちゃんはそう言って、少し離れたところに立った。ぼくは、そっと目を閉じた。

♪はるは　な〜のみ〜の
かぜの　さむさや〜
たにの　う〜ぐい〜す
うた〜は　おもえど〜……

目を閉じて歌を聞いていると、春歌ちゃんとはじめて出会った頃から今日までのことが、ぼくの頭の中の巨大スクリーンに映し出されるかのようだった。春歌ちゃんの前では、いつも笑顔でいられた。元気をもらえた。何でも話せた。その時間、その瞬間が楽しかった。あの日のこと、この時の出来事、思い出が多すぎて……。ぼくは春歌ちゃんの歌が終わっても、しばらく目を閉じていた。

すると少し肌寒い、でもちょっぴりあたたかい風とともに、やわらかい唇がぼくの唇にふれた。春歌ちゃんの唇から甘い香りがした。ぼくの心臓の鼓動がみるくに伝わったのだろうか、ぼくのおなかのあたりで丸くなってうとうとしていたみるくがゴソゴソと動きだした。そしてぼくがそっと目をあけると、春歌ちゃんはもう、少し離れたところにいた。

「拓三、大好きだよ。だからまた絶対に会おうね、お互いに夢を叶えたら、この場所で……。絶対会えるよね」

「もちろんだよ。絶対に絶対に春歌ちゃんのこと忘れないから。お互いにがんばろうね。春歌ちゃ～ん、はるか～」

ぼくは、春歌ちゃんの姿が遠く小さく見えなくなるまで手をふった。


まだ冷たい風が吹く三月上旬。でも、ぼくのまわりにはあたたかく優しい風が吹いていた。色で表せばうすいピンク色。そして何かがはじまりそうな、動き出しそうなそんな音が聞こえる。春歌ちゃんの優しい歌声と甘い香りとともに、ぼくの心の中にまで届いた春の足音。そんな春の訪れを、こんなにも身近に感じたことは、今まで生きてきたなかではじめてだった。

第五章　家族

　春歌ちゃんがドイツへと旅立った。ぼくの心の中はぽっかりと穴があいたようになった。少し前までは、あたたかい春風が吹いているように感じていたけど、今ではぼくの心の中に吹き込んでくる風がとても冷たい。みるくと散歩に行っても、いつものあの場所には春歌ちゃんはいない。春歌ちゃんの歌声がひびいていた河川敷。今は川の水が流れる音しか耳に入ってこない。淋しくて川辺にすわりこむぼくのほほを、みるくがペロペロとなめてくれた。そして、突然ぼくの耳元で「ワン」と吠えた。

「うわぁ～びっくりした。みるく……、そうだね。ぼくがずっとこんな調子じゃ夢が叶えられないよな。春歌ちゃんにも会えなくなる。みるく、行こう!!」

　そう言って立ち上がり、走りながら自分に活を入れた。昨日も今日も、明日も、そして明後日も……。

そしてぼくは五回生となり、実習がはじまった。いくつかの科を実習でまわらなければいけない。ぼくは、まず認知症外来のある科を選んだ。病院へ着くと、医師や看護師の人たちから、

「大きな荷物ですね。中にいったい何が入っているの？」

と聞かれるほど、背中に背負ったリュックの大きさに注目が集まった。

「あの〜これは……、その〜どうしても必要なものなんです。すみません」

と小声で言った。そのあと、

「樫原拓三と申します。どうかよろしくお願いします」

と、あいさつをした。あまりの元気のよさにワァ〜っと笑いが起こった。いよいよ実習のはじまりだ。

そして、その日はぼくにとってあまりにも突然やってきた。受付がはじまると、次から次へと患者さんが診察にやってきた。家族や親戚の人、介護ヘルパーさんなど、誰かに付き添ってもらって来ている人がほとんどのようだ。

（こんなにも認知症をかかえている患者さんがいるんだ）

と、心の中でこの現実にびっくりしていた。

「拓三先生、何ボーッとしているの。次の患者さんを呼んで下さいよ。はい、これカルテね」

師長さんの声にびっくりして、ぼくは、

「はっ、はいっ!!」

と、元気よく返事して明るく笑顔で名前を呼んだ。

「板野ハルエさん、イタノハルエさ～ん」

「……」

「あれっ？　いないのかなぁ～」

ぽつりとつぶやくと、師長さんが小声で、

「自分の名前がわからない人も患者さんの中にはいらっしゃるから『〇〇さんの御家族の方いらっしゃいますか』と聞いてあげて下さい」

と、教えてくれている際中に、

「はい、ここです」

と少し離れた所から男性の声がして、おばあちゃん（その人からみるとお母さん）を連れて診察室に入ってきた。ぼくは、そのおばあちゃんの顔を見たとたん、カルテを持つ手がガタガタと震え、その震えは身体じゅうに広がり、自分一人で立っていられないくらいの状態になり、しっかりとにぎっていたはずのカルテも床の上に落としてしまった。

「拓三先生、大丈夫？　どうしたの？　こっちで少し休んでいたほうが……」

「あっいいえ、大丈夫です」

ぼくはあわててそう返事した。どうしても、この場にいなくては……。この場を離れるわけにはいけないと、自分で自分を必死に落ち着かせた。

主治医の先生による診察がはじまった。

「板野さん、お元気でしたか。身体の調子で気になるところはありませんか？」

先生は、じっとおばあちゃんの目を見ながら優しく問いかけた。

「だいじょうぶ、だいじょうぶ。けんちゃん」

「ははは、いつものけんちゃんが出ましたね。健二さんのことが好きなんですね。大切な息子さんですからね。今日もこうしていっしょに連れてきてもらって、ハルエさんは幸せですね」

先生は、おだやかにとても優しい口調でおばあちゃんに話しかけた。そしてまた、じっと目を見ながら、いくつか質問をした。

「ハルエさん、今日は何月何日ですか」

「えーっと……」

「では、今朝朝食は何を食べましたか」

「えーっと、豆腐のみそ汁と……、それと……、あの～えーっと……」

おばあちゃんの顔がだんだん下へとうつむいていった。

「はいはい、いいですよ。ハルエさんは豆腐のみそ汁が大好きですね」

先生はそう言いながら、カルテに何かを書いていた。ぼくはもう自分の中で気持ちがおさえきれなくなり、

「おばあちゃん、おばあちゃ～ん」

あふれ出る涙とともにそう叫んでしまった。

そして、先生に、

「先生、研修医の立場ですみません。ほんの少しでいいんです。おばあちゃん、あっいや板野ハルエさんと話させてもらっていいですか。お願いします。ぼく、あの……」

身体をガタガタ震わせながら途中まで話をしたところで、

「君の知り合いかい？」

先生にそう聞かれた。

「はっはいっ」

ぼくはとっさにそう返事した。先生はかるくうなずいて、小さな声で、

「少しだけですよ」

と言ってくれた。ぼくはロッカーの上に置いていたあの大きなリュックを持ってきた。そして中に入っている千羽鶴を出して、先端についている少し長めのひもを持って、おばあちゃんの前につり下げた。

「おばあちゃん、ぼくのこと覚えてる？　あの時、受験の時、ぼくに毎日毎日豆腐のみそ汁をつくってくれたおばあちゃんですよね。ぼくの頭の前あたりを軽くポンポンとしながら『けんちゃんはいい子、だから大丈夫、大丈夫だよ、けんちゃん』って、ず〜っと言ってくれたおばあちゃんですよね。受験勉強で毎日丸めて捨てていた計算用紙やルーズリーフを、一枚一枚しわをのばして、この鶴を一羽ずつ折って千羽鶴をつくってくれたおばあちゃんですよね。ねえ、そうだと言って。お願い、ぼくおばあちゃんのおかげで大学生になれたんだよ、合格したんだよ。だから、だから、そうだよっていって……」

ぼくはもう立っていられず、床にすわりこんだ。するとおばあちゃんがぼくのそばに来

て、千羽鶴にふれた瞬間、はっと目を大きく見開いて突然立ち上がった。そして、おばあちゃんが手に提げていた小さなキンチャク袋の中の、またさらに小さい袋を取り出した。その中から、もうかなりしわしわになった金色の折り紙でできた折り鶴を出してきた。優しくしわをのばしながら、ゆっくりと羽をひろげて、うしろの小さな穴からふっふっと息を入れてふくらませた。

「けんちゃんあった、けんちゃんあった、だいじょうぶ、だいじょうぶだよ、けんちゃん」

そう言いながら、おばあちゃんは自分の髪にとめているヘアピンを一つとって、ぼくのもっていた千羽鶴のいちばん上のひもに通して、金色の折り鶴をくくりつけた。

パチパチパチ、パチパチパチ……。

おばあちゃんは手をたたいて喜んだ。主治医の先生も師長さんも看護師さんも、まわりにいるすべての人が手をたたいていっしょに喜んだ。ただひとり、ぼくだけが床にすわりこんだまま涙を流していた。先生がぼくの肩をポンポンと軽くたたいて、

「拓三先生、お話しすることもハルエさんにとってリハビリです。この階の階段をはさんだ横に談話室があります。そこでお話ししてきて下さい」

ぼくは涙目で先生の顔を見ながら、

「えっ？　いいんですか？」

かすれた声で聞くと、そっと師長さんがやってきて、

「主治医命令、あっいや、指示です」

と、こわそうな声で、でも目を合わせると、ニコッと笑って優しくうなずいてくれた。

「板野さん、いつものお薬をだしておきますからね。あとで薬局に寄ってもらって下さいね。今日はこれでいいですよ。ハルエさん、また元気な顔をみせて下さいね」

先生から優しくそう言われて、おばあちゃんはニッコリとほほえんで、うしろに立っていた健二さんは深々と頭を下げ、そして二人は診察室を出ていった。ぼくも先生に、

「ありがとうございます」

と言って深々と頭を下げて、大きなあのリュックを背負って診察室を出た。

びっくりするほど歩くのが速いおばあちゃん。あの頃とかわっていなかった。ただ、ぼくが誰であるかはわからない……。いや忘れてしまっているみたいだった。談話室に着いて中に入ると、すぐ健二さんに、

「あなたはいったい、うちの母とどこでどう知り合ったんですか」

と聞かれた。ぼくは、今から五年前、浪人していた時の話をした。そして入試直前の約一か月、アパートに一人で住みはじめた頃、予備校から帰ったある日、ハルエさん……、あっいや、その時はぼくにとって知らないおばあちゃんが、アパートのぼくの部屋近くに座っていたことを話した。ぼくは健二さんに、

「本当は、すぐにでも警察に行かなければいけないと思ったのですが、どう話したらいいのか、何を聞かれるのか、でもぼくには入試まで時間がなく、気持ちの整理もつかなくて、一日、また一日とすぎていくうちに、もうどうしたらいいのか全くわからなくなったんです。本当にどうもすみませんでした」

と言って、健二さんの前で正座をして床に頭をつけてあやまった。すると、健二さんがあわててぼくの前で同じように座りこんだ。

「拓三先生でしたよね、お名前は……。どうか頭をあげて下さい。ぼくが全て悪いんです。先生のせいじゃありませんよ。ぼくは、いなくなった母の捜索願も出していなかったのだから、最低の人間なんです」

健二さんはそう言って、頭を下げ床に両手をついた。大粒の涙が健二さんの手の甲をぬらした。そしてまた、小さな声で話しはじめた。

「ぼくの家は小さな豆腐屋でね、母の代からはじまり、ぼくが二代目を受け継いたんです。父は、ぼくが小学一年の時に病気で亡くなったから、それからは母一人で豆腐屋をしながらぼくを育ててくれたんです。ここ数年の間に近くにスーパーやコンビニができ、その頃から売り上げが悪くなって、店をたたむかどうかを家族で話し合っていたんです。母は、ぼくが作る豆腐が好きで、夫婦で話し合っているといつも部屋に入ってきて、ぼくの額のあたりをポンポンとしながら、『健ちゃん大丈夫、大丈夫だよ健ちゃん』と言い続けていたんです。母には少し認知症の症状があることは気付いていていたんだけれど……。ぼくも悩み疲れていたから、母の毎日言うことばがもういいかげん嫌になってきて、『ぼくは大丈夫じゃないんだ。もう何もかも無理なんだ。ぼくの気持ちもわからないくせに大丈夫だなんて言うな』と、母を怒鳴ってしまったんです。そのあと母が部屋から出ていって、気付けば家の中にもいなかったんです。きっとどこかにいるだろう。知り合いのところか友だちのところ、どこかにいるだろう。もし何かあったら警察から連絡があるだろう。そんなことばかり思って、必死に探そうともせず……。だから全てぼくが悪いんです」

そう言って健二さんは泣き崩れた。手の甲に落ちる涙もさらに床へと落ちて広がっていった。ぼくはなんて言葉をかけていいかわからず、じっと黙ったままうつむいていた。す

ると、ハルエさんがあわててやってきて、健二さんの額のあたりを軽くポンポンとしながら、

「健ちゃん大丈夫。大丈夫だよ健ちゃんなら」

それを見て、再びぼくの目にも涙があふれだした。

お互いのすすり泣く声だけが響く談話室で、どれだけの時間がたったことだろうか。しばらくして落ち着きはじめた頃、

「あの～、拓三先生」

と、健二さんが言った。

「あっ、はい、いえ、まだ研修医なので、先生ではないから拓三でいいですよ」

「では拓三くん、今日は君と会えて本当によかった。母は拓三くんのアパートの近くに豆腐屋さんがあったから、なおさらその場をはなれなかったんでしょうね。拓三くんはあの日からずっと、千羽鶴と片手鍋をリュックに入れて、いつ母と会ってても気付いてもらえるように、どこへ行く時も持ち歩いてくれていたんですね。母は千羽鶴のいちばん上につける金色の鶴……、それをつくるための折り紙を買いに文房具屋さんを探していて、自分のいる場所、帰る道順がわからなくなったようです。文房具屋さんで折り紙を買って店から

出てきて、左右をキョロキョロしながらうろうろしている母を、ぼくの家の近所の人が見かけて、つれてかえってきてくれたんです。

拓三くん、ぼくはもう一度家族でやり直します。もう還暦近い歳だけど、もう一度がんばる元気がでてきました。母があんなにも大切にしていた片手鍋、母の笑顔、そして本当に全く見ず知らずの、それもこんなに若い青年が、母やぼくのためにこんなにも涙を流して下さって、感謝の気持ちでいっぱいです。だから、きっとやり直します。板野とうふ店を再び……」

健二さんはあふれ出る涙をこらえながらも、しっかりとした声でぼくにそう話してくれた。

「健二さん。おばあちゃん、あっいや、ハルエさんの作る豆腐のみそ汁は最高においしいです。ぼくが受験勉強を続けることができたパワーの源は、このみそ汁だと思っています。ぼくも自宅でいる時は、父や母の存在がなぜかうっとうしく感じて、受験直前に家を出てアパートで一人勉強していたんです。でも今ははっきりと言えることは、ぼく一人だけだったら合格できていなかったということです。ハルエさんは、ぼくの前髪のあたりを軽くポンポンってしながら『大丈夫だよ、大丈夫』と毎日毎日言い続けてくれたんです。人って本当に弱くてもろいものだけど、でも近くに『大丈夫だよ』と、自分を信じてくれる人がいると、こんなにもがんばれるし、強くもなれるんだなあって思いました。ありがとうございました」

ぼくは深々と頭を下げた。

「お礼を言わなければいけないのはこちらの方です。ありがとう拓三くん。母は週三回、デイサービスに行ってリハビリしたり、お風呂に入ったり、そこで出会った人たちと話をしたりしているんです。時にはカラオケ大会みたいなものもあって……、母はなかなか歌が上手なんですよ。でも母は、やっぱり自分の家、大豆の香り、豆腐のにおいのしみついた我が家がいちばん気持ちが落ち着くし、大好きだから、なるべく家で普通の生活をさせてあげたいと思っているのですが……」

健二さんは少し声をつまらせた。小さく深呼吸をして、気持ちを落ち着かせた後、再び話し続けた。

「拓三くんもまだまだ若いけど、しっかりと親孝行して下さいね。そして、医師としてもがんばって下さい。一日でも、一分でも、一秒でも長く母と生活がしたいし、きっとそう思っている人は、世の中にたくさんいるはずです。認知症は、今の医学では完全に治すことはできない病と聞いていますが、本人はもちろん、家族そしてデイサービスなどでお世話して下さるスタッフの人たちも、いっしょうけんめい明るく毎日がんばっています。拓三くん、いや拓三先生もそんなぼくたちの力になって下さい」

健二さんはぼくの目をじっと見ながらそう言った。健二さんの目は、涙でうるんでいたけれど、瞳の奥にある健二さんの優しさ、あたたかさがぼくの目に、そして心の中にはっきりと伝わった。

「健二さん、ぼく必ず医師になります。今までぼくは誰かに頼ってばかりの人生だった。なのに自分一人で大きくなったかのように偉そうにしてみたり……。そんな自分がはずかしい。でもこんなぼくのまだまだ小さな力を頼って、そして大きな力になることを信じて待ってる人がいる。大きな責任を感じるけど、この責任感が今のぼくにはうれしくてたまらない。健二さん、ありがとうございます」

そう言ってぼくは深々と頭を下げた。健二さんは軽くぼくの背中をトントンとたたいた。

その時ぼくはハッと思って、話を続けた。

「健二さん、ぼくお願いがあるんです。ハルエさんに、ぼくの頭をポンポンとしながら、『大丈夫だよ』って言ってもらってもいいでしょうか」

ぼくは、またさらに深々と頭を下げてお願いをした。健二さんはにっこりとして軽くうなずいた。そしてハルエさんのそばまで行って、耳元でそっと話しかけた。

「母さん、この人たくみっていう名前なんだよ。お医者さんになるために、今いっしょうけんめいがんばってるんだよ。だから母さん『大丈夫だよ』って言ってあげてくれないかな」

　ハルエさんは、健二さんの言葉の一つ一つにうなずきながら聞いていた。そして、ゆっくりとぼくのそばにきて、あの時のように、

「たったく、たくみちゃんはいい子。だからだいじょうぶ。だいじょうぶだよ、たくみちゃん」

　そう言ってぼくの前髪のあたりを軽くポンポンとしてくれた。

「おばあちゃんありがとう。ぼくおばあちゃんに会えて本当にうれしかったよ。がんばるからね、ぼく絶対にがんばるからね、おばあちゃん」

　ぼくはおばあちゃんにしがみついて声をあげて泣いた。おばあちゃんは、ぼくの涙が止まるまでずっとポンポンとしてくれていた。

「いい子、いい子、だいじょうぶ、だいじょうぶたくみちゃん」

そう言い続けながら……。

ぼくは、健二さんとまたいつでも会えるように、お互いの連絡先を書いたメモを交換した。健二さんは別れ際に、

「拓三くん、家族っていろいろあるけど、いいものだよ。ぼくが言うのもおかしいけど……。でもやっぱりあったかいし気持ちが落ち着くからね。きっと拓三くんの家族が一番君のことを信じて、心から『大丈夫だよ』って思ってくれているはずだよ。きっと今の拓三くんには、その声が聞こえているんじゃないかな」

笑顔でそう言ってくれた。そして、

「拓三くん、きっとまた会える日を楽しみにしています。もちろん母とともに……」

ぼくは、健二さんとしっかり約束の握手をした。

健二さんはハルエさんと手をつないで帰っていった。つないでいない方のハルエさんの手には、しっかりとあの片手鍋がにぎりしめられていた。ぼくは病院の玄関ロビーの外までいっしょに行き、二人が遠くに小さく見えなくなるまで手をふり続けた。ふとふり返ると、師長さんが立っていて、笑顔で手をふっていた。

「あっ、長い時間すみませんでした。ぼくはあの……、今からいっしょうけんめい……」

と、言い続けようとした時、

「拓三先生にとっていい勉強になったんじゃないのかな。医師を目指す人としても一人の人間としても……。もちろん今からいっぱい努力はしなければいけないけど、君ならいい医師になれると思うよ。主治医の先生もそう言ってましたよ。研修医には特に厳しく、ほめたりしないことで有名な先生だけどね……」


そしてぼくは、なんとか無事実習を終え、レポートや実習記録などをまとめ、久しぶりにアパートへ帰ることになった。しげおっちゃんにしばらくみるくを預かってもらっていたから、迎えに行き、お礼を言ってみるくを連れてアパートに帰ってきた。

みるくが突然ワンワンって吠えだすから、どうしたのかなと思ってあたりを見てみると、アパートの前に一台のタクシーが止まっていた。中から男の人が出てきた。

「拓三か?」

「えっ!!　あっ父さん?」

久しぶりすぎてわかりにくかったけれど、声を聞いて父と気付いた。

「急ですまん。ちょっと話できないか?」

「うん。いいけど、ちょっと待ってて。今すぐ部屋開けるから。実習でしばらくここに帰ってきてなかったから、何もないけど……」

父は紙袋を下げて部屋に入ってきた。

「拓三、久しぶりに少し飲まないか。ビールとおつまみ持ってきたぞ」

「うん」

父は、ぼくが今日で実習が終わることを、しげおっちゃんから聞いていたようだ。父とは久しぶりすぎて、いったい何から話したらいいのか、何を話したらいいのかさえもわからないくらいだった。でも父もどうやら同じ気持ちのようだった。しばらく沈黙が続いた。

静かに過ぎていく時間のなかで、ぼくはいろいろなことを考えていた。母ひとり子ひとりという家庭状況のなかでも、親子がお互いの気持ちを大切にしながら、自分の夢に向かって生きる春歌ちゃんのこと。そして、ハルエさんと健二さんとの出会い。認知症という病と向き合いながらも、壊れかかっていた家族が再び前を向いてやり直そうとする絆の強さ。これまで生きてきたぼくの人生のなかで、こんなに大きな出来事、教えられることの数々、美しく優しくあたたかく、そして強い気持ちに、未熟なぼくの心は動かされた。

そしてぼくは、父に幼い頃からの思いを話しはじめた。六歳ちがいの兄とぼく。太一兄さんはみんなから期待されていたこと、ぼくなんかどうでもいいんだって思っていたこと、春がくるのがイヤでたまらなかったということ……。何もかも全部、心の中にもやもやとしていたことを吐きだすように話した。父はただ何も言わずにずっとぼくの話を聞いてくれた。ただじっと黙ったままで、時にはうなずき、時には涙ぐみながら……。

まだ少し明るさが残る夕方頃から話しはじめ、これが全てなのかどうかはわからないけど、ぼくの胸につかえていた思い出せるかぎりのことを話し終えた時には、もうまわりはまっ暗になり、薄いカーテンのすき間から星がキラキラと輝いているのが見えた。

父は一言、

「すまん拓三、おまえにそんな思いをさせてしまっていたのか」

父の声は震え、かすれていた。しかし父は、必死で声をしぼり出すかのように話し続けた。

「拓三、父さんの話も少し聞いてもらえないか」

「うん」

ぼくは小さくうなずいた。

「太一、拓三、一、三と数字をつけたことで、兄が一番、兄は一流、拓三は二番目に生まれたのに三番、だからどうせ三流なんだと思い込ませてしまってたんだな。そんなこと思っているとは、これっぽっちも知らなかった。実はな、拓三、父さんと母さんにはもう一人子どもがいたんだよ。太一と拓三の間に……。元気で生まれていれば、太一と三つちがい、拓三の三歳上のお兄ちゃんかお姉ちゃんだ。ちょうど五か月の安定期にはいる少し前に、母さんのおなかの中で死んでしまったんだ。母さんひどく落ちこんで、自分のせいだ、私が悪いんだと責めてばかりいたんだ。ちょうどその頃は病院も忙しくてね、母さんはまだ幼い太一を連れて無理していたんだと思う。だからもちろん父さんにも責任があるんだ。でもな、それからちょうど三年たった同じ頃、母さんのおなかに赤ちゃんがいるということがわかって……。そう、それが拓三なんだ。母さんは定期検診があるたびに、病院の近くにある神社に行って、

『おねがいします。この子を守って下さい。どうか無事生まれますように……』

と、おまいりしてたんだよ。そしてまわりもびっくりするほどの大きな産声をあげて、元気いっぱいお前が生まれてきたんだ。父さんも、あの日は母さんと抱き合って喜んだんだぞ。うれしくてうれしくて涙が止まらなかったよ。でも、その後母さんが、

『産んであげることができなかったけど、二人目を授かったことは忘れたくないから』と、二という字を付けず、一つあけて〝拓三〟としたんだよ。父さんと母さんの拓三への思いは一つ……、のびのびと自由に元気いっぱい、ただそれだけを望んでいたんだ。でもその名前、その思いが拓三には余計に引けめを抱かせてしまっていたんだな。すまなかった拓三」

ぼくは、はじめて聞いた話にびっくりしたのと、そんなこととは知らずに自分勝手に思い込んでいたことへの罪悪感で、全身が凍りついたように固まり、まともに父さんの顔が見られなかった。

「父さん、ごめん。ぼく何も知らずに……」

やっとのことでしぼり出した声は、今にも消えてしまいそうなほどか細かった。

「いや、いいんだ拓三。父さんは拓三が浪人をして、医学部を目指しているということを母さんから聞いた時、うれしくてうれしくて。でも『がんばれよ』と言うとプレッシャーをかけてしまうし、『無理するなよ』と言うと期待していないように思われたら……と。それに拓三は自分で決めてがんばろうとしているんだから、何も言わずに信じてあげようと母さんと話していたんだよ。太一は、やはり病院の跡取りとしてという思いが強く、力が入ってしまった。太一は、よく言えばしっかりとして、落ち着いて、理解も早いから頭もいい。でも小さなトラブルでも深く悩んだり、いつまでも気にしていたり、精神的に弱い部分があるんだよ。こんなにも辛い思いをさせてしまった拓三に頼むのはあまりにもムシのいい話かもしれないが、父さんと太一に力を貸してくれないか。いっしょに樫原病院を支えてくれないか。そして、母さんを守ってあげてくれないか。決して拓三をほったらかしにしていたわけではないんだ。母さんはいつも拓三のことを気にかけていたんだよ。これだけはわかってほしい。これが父さんの人生最後のお願いになってもかまわないから……。頼む、拓三、帰ってきてくれ」

いつもキリッとした白衣姿の父が、古びたアパートのすり切れた畳の上に両手をついて涙をぽたぽたおとしていた。

「父さんやめろよ、もう頭を上げてくれ。最後のお願いだなんて言わないでくれ。まだまだ拓三にはしてほしいことがあるんだ、頼みたいことが山のようにあるんだと言ってくれよ。父さんや母さんがぼくのことを大切に思って育ててくれたことがわかってうれしいよ。ぼくのほうこそ何も知らずに……ごめん。ぼくは二人分の命をつないで生まれてきたんだね。責任重大だよこれは……。二倍の親孝行しないといけないね。でもこの責任感が今のぼくにはとてもうれしいよ。だから父さんぼく家に帰るよ」

「ありがとう拓三」

「そのかわり、ぼくからもお願いがあるんだけど……、二つほど……」

父は、涙でぐしゃぐしゃになった顔を少しあげて、

「何でも言ってくれ。父さんにできることなら何でもするぞ」

と、言ってくれた。

ぼくは気持ちを落ち着かせ、まじめな顔をしてゆっくりと話しはじめた。

「一つは、病院に認知症外来をつくってほしい。今の医学では進行を遅らせることはできても、認知症は完治することのできない病の一つだ。それに家庭で看てあげられることが一番だけど、病状が進むにつれ難しいことがたくさんあることも実習でよくわかったんだ。でも認知症だからって、何もかも忘れているわけではないし、その人が持っている美しい心、優しい気持ちは変わらないんだ。父さん、ぼくね、このアパートに一人で住んで勉強していた時、そんなおばあちゃんに支えてもらったんだ。そのおばあちゃんと出会えていなかったら、ぼくは医学部なんて受かっていないし、たとえ受かっていたとしても、ここまで医師になろうという強い意志も持てなかったと思う。この病がいつの日か治る日がく

ると信じて、患者さん、そして支える家族の人たち、サポートしてくれている施設の方々の力になりたいと思っているんだ」

「拓三……」

父は流れる涙をふくこともせず、両手で強くぼくの手をにぎりしめ、

「わかった、必ず守る、そして父さんもいっしょにがんばるからな」

と、言ってくれた。

「それで父さん、もう一つのお願いだけど……、ぼくこの犬飼いたいんだ。名前は『みるく』。いろいろあって、ずっといっしょにいるんだ」

ぼくがそう言って「みるく」って呼ぶと、くるんとなったしっぽをふりふりしながら、なぜか父さんのひざの上にのった。そして父さんのほほをつたう涙をペロペロとなめはじめた。

「わかったわかった、みるく。おまえもいっしょに帰ろう。今日から樫原みるくだ」

父さんとぼくは、涙でまっ赤になった目をこすりながら笑った。外はもう夜が明けようとしているのか、うす明るくなってきていた。

一週間後、アパートの中の片付け、掃除をして、家に帰る準備もできた。五年前のあの

日のように、しげおっちゃんが愛車の軽トラで迎えにきてくれた。入口を閉めた後、ぼくは部屋の前で深々と頭を下げ、そして軽トラに乗った。

「さあ、帰るぞ。忘れものはないか？」

「うん。しげおっちゃん長い間ありがとう」

「いやいや。どういたしまして。さて、みるくおじょうさまもどうぞお乗り下さいませ。出発いたしますよ。はっはっは〜」

しげおっちゃんは、どんな時もいつもぼくを明るく元気にしてくれた。

十分くらいすると、なつかしの家が見えてきた。母が家の門の前まで出てきて待ってくれている姿が遠くからでも見えて、その姿はだんだんと大きくなってきた。見送ってくれた時と同じように、母はいつもそうやって門の前で立っていた。ただ一つ違うことは、ぼくが母の目をしっかりと見ながら、

「母さん、ただいま」

と言えたことだ。

「おかえり、拓三」

そう言った後、母はすぐ運転席側へ行った。

「お兄さん、本当に何から何までお世話になりました。ありがとうございました」

そう言って母は深く頭を下げた。

「いやいやお互い様や。こんどはこのわしが病院でお世話になるかもしれんよ。拓三くんにはお願いしてるんやけど、ぼくの特別個室ＳＳルーム（しげおスペシャルルーム）を作ってほしいなぁ～と……。ハッハッハー、まあ、わしみたいなもんからは病気の方が逃げていって、寄りつかないやろうなあ～。ほな拓三、またな。しっかりと親孝行せーよ」

しげおっちゃんは、プップップーッとクラクションを鳴らして帰っていった。

ぼくは家に入ってまず一番に、あの千羽鶴を家族に見せた。そして、おばあちゃんとのことを話した。一日、いや二、三日話し続けても終わらないいくらいたくさんの出来事。次の日も、また次の日も、家族みんながそろうたびに話をしては、笑ったり涙を流したりしていた。

病院では、早速新しい科をつくるための準備、そして工事がはじまった。ぼくも国家試験にむけての勉強をはじめた。

そんなある日、ぼく宛に一通の手紙が届いた。

「あっ、健二さんからだ」

封を開けると、中には一枚の写真と手紙が入っていた。思い出深いあの片手鍋を持って、エプロン姿でほほえんでいるハルエさんのまわりに、健二さん、そして奥さん、健二さんそっくりでがっちりとした体格の男性、そしておばあちゃんのそばで優しそうにほほえむポニーテールの女の子……。家族みんなが笑顔で手を上にあげている。その手が指すその先には『板野とうふ店』と書かれた看板があった。そんなほほえましい写真が同封されていた。そしてぼくは手紙をひらいた。

「拓三くん、お元気ですか。その節はお世話になりました。ぼくたちは、家族で力を合わせて、もう一度やり直すことにしました。そして、やっと今日豆腐店を再オープンすることができました。記念の写真は、どうしても拓三くんに届けたいという思いで撮りました。家族みんな、なかなかいい笑顔しているでしょ。母ももちろんとても元気ですよ。一日でも一分でも一秒でも長く、母の笑顔が見たいと家族全員がそう願っています。再オープン第一号の豆腐は、母があの愛用の片手鍋でみそ汁をつくってくれました。やっぱり最高!!　家族の味って感じです。

今度は拓三くんの番ですよ。親孝行っていつからでもできるんです。家族っていつからでもやり直せるんです。ぼくだって今からなんです。お互いに前を向いて一歩一歩あるいていきましょう。
拓三くん、君に出会えて本当によかった。そしてきっとまた君に会えると信じています。その時はお互い笑顔で……。

健二

追伸　たくちゃんだいじょうぶ。だいじょうぶだよ、たくちゃん。

ハルエ」

うれしくて、なつかしくて、何度も手紙を読んで、何度も何度も写真を見ていた。みなさんの苦労があったからこそ、それを乗り越えてつかんだ幸せの笑顔、そして言葉の一つ一つが、ぼくの心の中に温かい力を注ぎこんでくれたように感じた。
そして今年の冬。今度はドイツからエアメールが届いた。春歌ちゃんだとすぐにわかった。春歌ちゃんからの手紙にもいっしょに写真が入っていた。ドイツでいっしょに音楽の勉強をしている友だちにかこまれて、あの頃と同じような明るい笑顔の春歌ちゃんがうつっていた。

「メリークリスマス。拓三、元気？　私は元気だよ。こっちの生活にも慣れて、がんばってるよ。拓三も国家試験を受けて医師になるんだよね。ドイツから応援してるからね。拓三は優しいし、きっと患者さんの気持ちになって考えられるすてきな医師になれるって思ってるんだ。お互いに夢に向かってがんばろうね。そしてきっとまた会える日を楽しみにしてるからね。あの場所で……。

春歌」

あの日あの場所でお互いの夢を語り合ったことが、数時間、いや数分前のことのように、はっきりとぼくの頭の中によみがえってきた。

「夢を叶えるために、ぼくもがんばらなければ……」

と、再びスイッチが入った。

そして家族そろってむかえた新しい年。わが家に新しい家族ができた。みるくにかわいいかわいい子犬が二ひき生まれたのだ。手のひらにのるくらいの小さな子犬。太一兄さんとぼく二人で考えて名前をつけた。一ぴきはオスで、眠っている格好がそら豆に似ているから、『まめ二』、もう一ぴきはメスで、頭のちょうどまん中あたりの毛がちょっとくせ毛で、二つに分かれているように見えるから『二葉』。『二』という数字は絶対に入れたかった。

数日後、母さんはリビングのソファに座り、まめ二と二葉をひざにのせて頭をポンポンとしながら、

「大きくなるのよ」

と優しそうな声で言っていた。ぼくはそっと母さんのそばまで近づいた。

「ねえ母さん、あのさぁ〜あの〜」

と、小さな声で言うと、

「どうしたの？　拓三」

と、優しそうな声で言いながらふり返った。

「あのさ、ぼくの頭もポンポンってしながら『拓三、大丈夫だよ、大丈夫だよ、拓三』っ

て言ってほしいなぁ～。母さん、ぼくもうすぐ試験なんだ……」

「いいよ、おいで、拓三」

母さんは、ぼくがすわれるように少し端に寄ってくれた。母さんのそばへいくと、優しい母の香りがした。母さんは、そっとぼくの頭に手をおいて軽くポンポンとしてくれた。

「拓三なら大丈夫。大丈夫だよ拓三。母さんね、拓三ががんばってること知ってるよ。ずっとず～っと前から知ってたよ。拓三は小さい頃から今までずっと、いろいろなことをひとりで抱えていたんだね。ごめんね、拓三の気持ちに気付いてあげられなくて。でもね、これからはつらい時や悲しい時は泣いていいんだよ。悔しい時や腹が立つような時は叫んだらいいんだよ。家族なんだから……、親子なんだから……。大丈夫だよ拓三」

母さんの手はあたたかく、やわらかかった。母さんの声は優しかった。ぼくが生まれた時も、きっとこんなにあたたかい手で抱きあげてくれたんだろうなあ。こんなに優しい声で子守歌を歌ってくれたんだろうなあ。ぼくは涙がこみあげてきた。今まで誤解していた母の想いへの反省の涙。そしてまた母のもとで生活できるうれし涙。ぼくは太一兄さんといっしょに、しっかりと病院を守って親孝行しなければいけないと思った。気がつくと、母の目にも涙があふれていた。

「たくみ〜、おはよう。先に顔洗っておいで。その間にみそ汁あたためるから……」

いつもの朝がはじまった。母さんがつくるみそ汁も最高においしい。特別でもない普通の毎日がこんなにも幸せなことだったことを、二十五年も生きてきた今、気付いた。

そしてむかえた春。ぼくは国家試験に合格した。家族のおかげなのに、父さん母さん、そして太一兄さんが、

「拓三、がんばったね。すごい」

と、ほめてくれた。大人になってもほめてもらえるとうれしいものだなあ。

「ありがとう。父さん母さん兄ちゃんのおかげだよ。今からしっかり働くことで恩返しするから」


そして樫原病院に新しく認知症外来ができた。父があの時のぼくとの約束を守ってくれた。もちろん担当医はぼく。責任重大だ。これからのこと、これまでのこと、いろいろと考えながらじっと病院をながめていた。

するとと父が、急にカメラなんか持ってきて、照れくさそうに言った。

「なあ、みんなそろって写真撮らないか?」

そばにいた母が、

「いいわね。〝みるく〟も〝まめ二〟も〝二葉〟もみんないっしょに……。あっそうそう、拓三、板野さんや春歌ちゃんに、今度はこちらから写真を送らないといけないね」

と、笑顔で言った。

「お〜い拓三、これもいっしょに写真におさめないと……。今の幸せは家族だけのおかげじゃないだろう」

そう言いながら、太一兄さんが千羽鶴をもってきてくれた。家族の笑顔にかこまれ、ぼくは最高の笑顔でポーズをきめた。ぼくは幸せだ。

ぼくと知らないおばあちゃんとの出会い。それは認知症という病で、自分の名前も知らない、いや忘れてしまったおばあちゃんだった。でも今では、そのおばあちゃんが「板野ハルエ」さんという名前であること、おばあちゃんには健二さんという優しい息子さんがいること、健二さんの奥さん、孫たちに囲まれて三世代で幸せに暮らしていること、そしていろいろな苦労を乗り越えながらも、おばあちゃんの代から続く豆腐店を家族で力をあわせて営んでいることを、ぼくは知っている。

　そして、ぼくはおばあちゃんの名前さえも知らなかった時でも、知っていたことがある。それは、あたたかくて優しくて心が美しいおばあちゃんだということ。たとえ名前を知らない人であっても、自分のことを忘れてしまった人であっても、心は昔のままあたたかく美しいということ。もしそれさえも何もかも忘れてしまっても、まわりにいる家族、親戚、友だち、御近所の人、昔いっしょに勤めた職場の仲間、その他たくさんの人たちが、きっとたくさんのことを覚えてくれているに違いない。ぼくはそんな一人一人に向き合いながら、今から医者としての一歩をふみだしていきたい。


　新しくできた診察室の窓から、大きな桜の木が見える。そっと少し開けてみる。ちょっぴり肌寒く、でも心地いい春の風に、部屋にかざったおばあちゃんの千羽鶴が気持ちよさそうにゆれている。あたたかい日ざし、草木も芽ぶく。小鳥のさえずり、何かがはじまりそうなワクワクする音。色で表せばうすい淡いピンク色。

　ぼくは春が大好きだ。

番外編

蒼井春歌様

お手紙どうもありがとう。

春歌ちゃんがんばってるんだね。言葉もわからないはじめての海外の地に、一人で留学して、最初はきっとたくさんの不安や心配があったんだろうなぁ〜。でも春歌ちゃんは、音楽を勉強したいという意志が一番だけど、お母さんそしてお父さんへの想いがいつも心の中にあって、その想いが春歌ちゃんを元気づけてくれたり、強くしてくれているような気がするよ。ぼくなんか、ずっと近くに父さんも母さんも兄さんまでいるのに、そんな環境に不平不満ばかり言ってるのって、はずかしいというかまだまだ未熟者だよね。

でも、春歌ちゃんに会えて、話をして、自分で言うのもおかしいけど、そんなぼくも変わったなあって思うんだ。春歌ちゃんに会って「夢を持つこと」そして「夢は見るだけじゃなくて、叶えるためにあるもの」だから「夢に向かってがんばることこそが生きてるってこと」と教えてもらったような気がするよ。ありがとう春歌ちゃん、ぼくも医師としてがんばるからね。

あっ、ところで春歌ちゃん、あのね、あの時話していた知らないおばあちゃんのことだけど、会えたんだよ。とても明るくてあたたかい家族のなかで幸せに暮らしてるんだよ。そしてね、愛犬みるく覚えてる？　今年のお正月に子どもが生まれたんだよ。それもオスとメスの双子。写真にも小さくうつってると思うけど見えるかなぁ。名前は『まめ二（じ）』と『二葉（ふたば）』

まだまだ話したいことがいっぱいあるよ。だからきっとまた必ず会おうね、みるくと二ひきの子犬を連れて散歩に行くから、また歌聞かせてよ。

春歌ちゃん、ぼくあの時言えなかったことが一つあるんだ。春歌ちゃんが卒業式の日、いつもの河川敷で歌を聞かせてくれたとき……。

それはあの〜、はるかちゃん、あっいや、はるか……。

『はるかのこと、ぼくも大～すきだよ』

拓三

板野健二様

先日はお手紙を頂きありがとうございました。幸せいっぱいの家族のお写真も拝見させていただきました。

健二さん、『板野とうふ店』のオープンおめでとうございます。きっと再オープンにむけて、家族でたくさん話し合い、悩んで、また話し合って……。家族一人一人の想いが込められた最高のお店なんだろうなあということが、写真にうつっている御家族の笑顔をみてすぐにわかりました。本当にすてきな笑顔ですね。

ぼくは健二さんにお会いして、「家族の大切さ」「家族のもつ力の大きさ」「家族の絆の強さ」に気付かされたような気がします。大人ぶっていたぼくも、自分自身の未熟さを知るいい勉強になりました。これからは、家族が一つになって、力を合わせてがんばっていきたいと思っています。

きっとまたお会いできますよね健二さん。その時はお互いの家族の自慢話ができたらなあと、そんな日が必ずくることを楽しみにしています。こんなぼくですが、健二さん、そしてハルエさんを支えられている御家族の方々の御力になれることがありましたら、いつでも連絡下さい。まだ医師としても小さい卵ですが、卵なりに勉強して研究して、いっしょうけんめい考えます。

健二さん、そして御家族の皆様の笑顔がこれからもずっと続くことを信じています。

樫原拓三

板野ハルエ様

おばあちゃんお元気ですか。ぼく拓三です。

受験前の数週間、いっしょにアパートでいる間、ずっと毎日毎日「大丈夫だよ。いい子だよ」って言ってくれたよね。はじめは、「小さい子に言うみたいに言うな」とか「大丈夫だなんて、なんでそんなことがばあちゃんにわかるんだ。何も知らないくせに!!」って言ってしまったこともあったよね。ぼく、どうしてあんなこと言ったのかな。どうしてもっと素直に「ありがとう」って言えなかったのかな。ごめんね、おばあちゃん。でもぼくがどんなにひどいことを言っても、おばあちゃんはいつもと同じように、ぼくの頭を軽くポンポンとしながら「いい子、大丈夫だよ」って言い続けてくれたよね。

ぼく、うれしくて、こんなにもぼくのことを応援してくれている人がいる、信じてくれている人がいると思うと、心があたたかくなってきて、その気持ちに支えられてがんばれたんだと思うんだ。だから今、医師としてのぼくがあるのも、おばあちゃんのおかげだよ。ありがとうおばあちゃん。

おばあちゃんに直接会って恩返しができたらいいなって思うけど、まだまだ勉強不足だからね。これからいっぱい勉強して、研究して、がんばるから待っててね。おばあちゃんはもちろん、おばあちゃんと同じ病をかかえている人を、一人でも多く救ってあげたいと思ってるんだ。

「でもね、たとえ今までのこと、今のことさえも、一つ二つと忘れてしまった人でも、あたたかくて優しい気持ちをもっているんだよ」

って、おばあちゃんはぼくにそのことを教えてくれたんだよね。

ぼくはおばあちゃんの優しさ、あたたかさ、美しい心……、絶対に忘れないよ。というか、おばあちゃんのこと全てをぼくが忘れるわけないよ。いくつになっても絶対に覚えてるからね。将来、ぼくが結婚して子どもができて、そして年老いて、孫ができたときも、どんな時にも頭を軽くポンポンとしながら「大丈夫だよ、いい子だよ」と言ってあげたいと思ってるんだ。おばあちゃんに教えてもらった、人のあたたかさ、優しさ、美しい心を伝えていきたいと思ってるんだよ。

おばあちゃん、おばあちゃんは優しくてあたたかくて最高にいい人だよ。だから大丈夫。大丈夫だよおばあちゃん。家族がいつもどんな時もそばにいてくれるよ。みんなおばあちゃんが大好きなんだよ。だから大丈夫。家族のために、そしてぼくのためにも、これからもっともっと長生きしてね、おばあちゃん。おばあちゃんの幸せそうな笑顔が心の支えだからね。

おばあちゃん。
今日もきっといい日だよ。
そして明日もきっと……。

樫原拓三

著者プロフィール

藤川 敏美（ふじかわ としみ）

1964年生まれ。２児の母。
香川県在住。
約27年会社勤務後退社、専業主婦。

知らないおばあちゃんとぼく

2019年１月15日　初版第１刷発行

著　者　藤川 敏美
発行者　瓜谷 綱延
発行所　株式会社文芸社
〒160-0022　東京都新宿区新宿1－10－1
電話　03-5369-3060（代表）
03-5369-2299（販売）

印刷所　株式会社フクイン

ISBN978-4-286-20182-5